# ミイラになるまで

## 島田雅彦初期短篇集

*shimada masahiko*
島田雅彦

講談社文芸文庫

目次

# ミイラになるまで

島田雅彦初期短篇集

# 観光客

脳室の圧力が高まって、頭がシャボン玉式にふくらむような頭痛に襲われて、ぼくは思わず頭頂部を手で押さえた。頭痛には様々なタイプがあるけれども、高圧ガスが脳を膨脹させるようなぼくの頭痛は特殊じゃないだろうか。いっそのこと、頭蓋がシャボン玉式に割れて、ドス黒くて臭いガスがシューシュー外に出たらと思う。脳腫瘍でも住んでるんじゃないか。

ぼくはその時、一人で酒を飲んでいた。なぜかそのバーのマダムはぼくに好意を持っているらしく、見知らぬ他人のツケでウイスキーを飲ませてもらっていた。隣りの席ではやはり見知らぬ男が二人で飲んでいた。会話の内容から察すると、一方は演出家で他方は俳優であるらしかった。彼らは今二人が関与している芝居の演出と演技について、互いに批評し合っていた。初めのうちはエールの交換などして、仲のいい兄弟めいていたが、吸収するアルコールの量が増えるにつれ、互いの自慢話に変わり、さらに相手の性格の悪さをあげつらう形になった。このまま、彼らが応酬し合う言葉のインフレを食い止めずにおくと、いずれは、殴り合いになることが予想できた。そして、修羅場は間もなくやってきた。

先ず、俳優の方が演出家の脳天に空手チョップを見舞った。次に演出家が俳優の右頬に平手打ちを加えた。そこで俳優が左頬も演出家に提供すればよかったものを、演出家に頭突きを喰らわしたのがまずかった。演出家はカウンターの上に仁王立ちして、俳優におおいかぶさる大技(プロレス用語ではフライング・アタック)に打って出ようとした。ぼくはマダムの「やめて」という絶叫に命令されたかのように、喧嘩を仲裁しようと、二人の間に割って入った。

次の瞬間、ぼくの頭にひびが入り、溜まっていたガスがエアスプレーのように吹きだす気分を味わった。それは激痛をともないながらも、肉体が空気中に拡散してゆくような解放感をもたらした。

演出家と俳優はおのおの、自分の非を認め、ぼくを気遣っていた。マダムはこういった。「あなたはバカね。この二人は一度殴り合ったら、前よりもっと仲が良くなる人たちなのに。機動隊に石を投げた人たちってみんなこうなのよ」

ぼくは「漁夫の損」を得たというわけだ。怒りと頭痛と酒の酔いがカクテルになって、ヌメヌメとした気分(ほかにいいようがない)にさせられた。ぼくはその気分に何とか説明をつけたかったので、これは性欲みたいなものだととりあえず考えることにした。ともかく、新鮮な空気を吸おうと思い、お金をいくらか置いて、バーを出た。

何歩か歩いてから、ぼくはここが何処《どこ》であったか度忘れした。電柱に印されている住所を見ると、新宿と書いてある。そうか、新宿だったかと呟《つぶや》きながらも、納得できない何かを感じていた。

とその時、ぼくと同じくらい痩せていて、顔色の悪い中年男が接近してきて、こう囁《ささや》いた。

「お兄さんみたいな人が好みだっていう女子高生がいるんですよ。きっと、お兄さんも気に入ると思いますよ。泊りで三万ですよ」

「それは本物か。ぼくはロボットはあまり好きじゃないんでね」

「本物も本物、妹みたいな子ですよ。近親相姦なんていいじゃないですか。お兄さん。妹と会ってみますか？　すぐそこにいるんですよ」

ぼくはポン引きの口車に乗せられたわけではなかったが、三万円で売られている妹がどういうものか素朴な好奇心から話をしてみたいと思った。

そして、一時間後、ぼくは見覚えのない妹と軽い会話をしながら裸で抱き合っていた。

「お兄さん、高級な服着てるのね。みんなブランド物よ。お金持ちの息子さんね」

「そんなことどうだっていいよ。ぼくはヌメヌメした気分を晴らすために君とあることをしてるんだから」

「あたし、まだあんまり経験がないんだけど、お兄さんみたいな人が好みよ。ねえ、すっごく頭いいんでしょう」

「頭が痛いんだよ」

「大丈夫?」

「頭痛のことを忘れたいんだ。ところで、君はいくつだい?」

「十八よ。お兄さんには本当の妹がいるの?」

「ここにいるじゃないか」

「意外とノリやすいタイプなのね。ねえ、早くして。あたし、うずいちゃうの」

ぼくはこの女が妹であろうと、娼婦であろうと構うまいと思った。ここに十八歳の女がいて、ある関係を結ぶだけだ。ぼくのペニスがコンドームと関係を結ぶのと同じように。頭と枕が関係を結ぶのと同じように。

一回目のセックスが終ったあと、ぼくたちは風呂に入った。彼女はぼくにジャンケンを仕掛け、ぼくが負けると、背中を流すことをせがんだ。ぼくはその通りにしてやった。

「君は毎日、こういう生活をしてるのか?」

「しようがないの。あたし家なき子だから」

「それでいつも泊りの客を取るんだね。君は毎晩、いろいろな男と関係を結んでいるんだ。町とホテルが関係を結んでるようにね」

「そうよ。お兄さん、変なこと考えるのね。あたし、この仕事、アメリカでやりたいんだ。ねえ、協力してよ。お願い」

「アメリカとも関係を結ぶわけだな、いいとも。あっちに知り合いがいるから頼んでみるよ」

ぼくはなぜか自分がシカゴから東京にきた観光客のように思えた。根拠もないことを信ずる癖がぼくにはあっただろうかと訝《いぶか》りながら、再び見覚えのない妹を抱きすくめた。


バイバイ、君の寝顔は憂鬱な白薔薇のようで素敵だよ。旅の始まりにはいつも女の寝顔があったっけ。悪いな、ぼくは黙ってゴキブリみたいに行かせてもらうよ。あいにく金がないもんでね。君の可愛い仔猫の表情をヒステリーの鬼面に変えたくないんだよ。ぼくは君にとってはよそ者だ。よそ者はよそ者として去るのが無難というものだ。君は君で明日は別のよそ者の妹になるわけだし。ぼくは何て優しい兄なのだろう。そういえば、セックスをして、男が女に金を払うという制度は現代では少しずつ様変わりしているというじゃないか。黒人男を買うためにせっせと金を稼いで、体験的な女の実存哲学をやり出す若い女もいるし、ドイツの方では女性のための買春ツアーがあって、乳房が形崩れしたおばさんたちが東南アジアに大挙し、女ドン・ファンを気取っているそうだ。

そこで、ぼくは男好きの妹のハンドバッグから泊りの料金三万円を合法的にちょうだいすることにした。ぼくは近親相姦してもちっとも感動しなかったのだ。妹の方はけっこうもだえていた。おまけに「兄さんはあたしの好みのタイプだわ」なんていっていた。世間では楽しまされた方が金を払うことになっているんだ。

ぼくが部屋を出ようとした時、妹はぼくが考えていたことをそっくりそのまま夢に見ていたかのようにはね起き、かすれた声でいった。

「何処行くのよ。逃げる気じゃないでしょうね。三回も発射しといて」

ちぇっ、下品な口のきき方だ。寝顔だけを見せとけばよいものを。

「新聞を買いに行くんだ」

「ルーム・サービスを頼めばいいのよ。出て行くんなら、お金置いてって」

ぼくは物分りのいい人間だ。差し引きゼロでも文句はいうまい。ポケットから三万円を出して、テーブルの灰皿の下に差し込んだ。

「アメリカで会おうな」

ぼくはそういうと、部屋を出た。相変わらず、ヌメヌメした気分を抱えていた。

風が強い日だった。どうも下半身がぐらつく感じがするので、スタミナのつくものを食べることにした。東京は実に卑しい奴で、世界各国の料理を毎日貪《むさぼ》り食っている。東京ほど種々雑多なものと関係を結んでいる奴も珍しい。カラスや野良犬、野良猫は東京と契約を結んでいるおかげで得をしている。あいつらは残飯で養われているからよく肥えている。それから、いつも不思議に思うのは、東京を根城にする浮浪者が例外なく、ぼくより肥えていることだ。ぼくは栄養の摂り方が下手なのかも知れない。そこでぼくは浮浪者に栄養の摂り方を教えてもらうことにした。彼らは東京と特殊な契約を結んでいるはずだ。ぼくはそれを知りたいのだ。しかし、東京の浮浪者は一般的にいって、閉鎖的で、心を開こうとしない。彼らの仲間になるためには忍耐力が必要だ。ともかく、ぼくはスタミナ・ドリンクを一本とコロッケそばを食べた。

新宿の駅構内を歩いていると、ぼくはゴミ箱をあさる浮浪者と出くわした。彼はキリストともインディアンとも見えるヘア・スタイルをしており、泥で染色したらしい灰褐色のスーツを着ていた。ぼくは早速、彼に声をかけた。

「何してるんですか」

相手は何も答えなかった。ぼくはしばらく、彼の行動を観察していた。

彼の動作は緩慢で、まるで能の舞台を見ているようだった。脇を通ってゆくサラリーマンのせせこましさに較べたら、この浮浪者の動きは何と優雅なことだろう。

男はポリプロピレンのコップを二つ、ゴミ箱から取り出した。そこにはストローがついていた。彼は早速、ストローをオーボエを吹くようにくわえ、コップの底に残っている液体をすすり出した。あいにく、二つとも残りはわずかだったようで、男はすぐにそれらを元のゴミ箱に戻した。浮浪者はゴミ箱と契約を結んでいることがわかった。

ところで、そのドリンクを買った奴はずい分とケチな奴だ。浮浪者のために少しくらい残しておけばいいものを。いや、どのコップにも残っていたら、彼らはゴミ箱をあさる労働の愉悦を忘れてしまうかも知れない。

浮浪者はゴミ箱から離れると、階段を昇り出した。ぼくももちろん、ついて行った。

「今度は何処へ行くんですか」

ぼくはいんぎんにたずねた。

「おれは、何も悪いことしてないよ」

聞き取りにくい発音だったが、確かに男はそう答えた。

「実は教えてもらいたいことがあるんですよ」

「おれは何も知らないよ」

「ぼくはあなたがどういうふうに栄養を摂っているか知りたいんです」

浮浪者は再び沈黙。人と会話することを恐れているに違いない。こっちは別に彼の過去に探りを入れようなんて思ってないのに。

ともかく、この浮浪者につきまとうことにしよう。しかし、怒り出したらまずいな。何かで手なずけといた方が安全だな。

　ぼくは駅の売店でウイスキーのポケットびんを買い、彼に差し出した。

「これはぼくのほんの気持ちなんです、飲んで下さい。ぼくは全然、怪しいもんじゃないんです。ただ、あなたと友達になりたいだけなんです」

「おれは見世物じゃねえ」

　ぼくはこの言葉にはショックを受けた。どうして、そんなにぼくを警戒するのだ。ぼくの顔を見れば、ぼくが浮浪者を面白半分になぶりものにしたりしない人間であることくらいわかるだろうに。

「どうして、ぼくを避けるんだ。あなたの栄養の摂り方を教えてくれたって、いいじゃないですか。こうして、あなたのためにウイスキーまで買ったのに」

　ぼくはつい興奮して、浮浪者の背広の袖をグイグイ引っ張ってしまった。彼は額のあたりをボリボリ掻きながら、初めてぼくの顔を面と向って見た。

「あんた、誰だい。さっきからわけのわからんことをいって。おれはあんたみたいな坊っちゃんとは別世界の人間なんだよ。おれみたいな人間に近づいちゃいけないんだよ」

「いいじゃないですか、友達になるくらい。あなたについて行ってもいいでしょう。迷惑はかけないから。ウイスキー、一口飲みませんか」

　ぼくはびんのふたを開け、ウイスキーをプラスチックの容器に注《つ》ぎ、彼に差し出した。

彼はそれを黙って飲み干した。ぼくは空になった容器に再びウイスキーを注ぎ、自ら飲み干した。これで、彼の警戒心も少しは柔らかくなっただろう。これは日本のサラリーマンの知恵だ。

「これからどうするんですか？」

「仕事だよ。おれは寝ている時以外は仕事をしてるんだ」

「どんな仕事ですか」

「どんなっていわれたって、簡単には説明できねえな」

「一緒について行ってもいいですか」

「あんたもおれと同じ仕事をしたいのか」

「どういう仕事か知りたいんです。観察してもいいでしょう」

「邪魔をしなければな」

というわけで、ぼくはようやく、この浮浪者につきまとうことを許されたのだ。何やら怪し気な仕事をしていそうなところがぼくの好奇心をかき立てた。ぼくはこの浮浪者に弟子入りしたようなものだ。

ところで、彼のことを浮浪者と呼ぶのは正しくないかも知れない。恰好だけで人をカテゴライズするのはよくない。浮浪者のふりをしながら、実は何か途轍《とてつ》もないことを考えているのかも知れない。ぼくは浮浪者とピグミーとサラリーマンがよく似ていると思う。浮浪者がアフリカのジャングルと関係を結べば、ピグミーと同じになるし、会社と関係を結べば、サラリーマンになるではないか。ただ、彼は新宿駅と関係を結んでいるから、浮浪者と呼ばれるのだ。

さて、新宿駅と関係を結んだ彼の仕事というのは実に単純なものだった。一体誰が、落ちている金を拾うことを仕事と見做《みな》すだろうか？　誰しもこんな能率の悪い仕事をしたがらないから、会社に勤めたり、特殊技能を生かしたりしているのに、この男は落ちている金を拾うのが自分の特殊技能だと考えているようなのだ。

「お金なんてそうそう落ちているもんじゃありませんよ」

ぼくは極めて常識的な見解を述べたが、彼はそんなことをいうぼくの方が常識を知らないといいたげに答えるのだ。

「そうそう落ちているものじゃないとみんなが思っているから、おれの仕事はやりやすいんだ」

「それにしても、下を向いてあちこち歩き回る労力に見合う金額が落ちているとは思えませんね」

「ほら、五百円玉がここに落ちているぞ」

男はぼくの言葉が終るか終らないうちにかがみ込んで、五百円硬貨を拾った。それはちりにまみれていたとはいえ、確かに本物の五百円硬貨であった。

こんな偶然があっていいのだろうか。ぼくは頭をひねるしかない。

「あなたはここに五百円が落ちていることを知ってたんじゃないですか?」

「誰が落とすかは当りをつけていたさ」

「どういうことです。お金を落としそうな人のあとをつけて行ったってことですか?」

「そういうこと」

「どうやって見分けるんです?」

「耳をすましてりゃわかるよ」

ぼくはよく理解できないまま、彼の観察を続けていた。耳をすまして、一体、何を聴くのだ。ぼくは三十分間、彼の不規則な足取りに自分の足取りを合わせた。彼は真直ぐ地下道を歩いたかと思うと、突然Uターンして、階段を上ったり、立ち止まって、あたりを見回し、彼にだけ察し得る気配を求めて、右に行ったり、左に行ったりするのだった。他人のペースに合わせて歩くのは疲れるものだ。ぼくは彼が次に立ち止まった時に、ため息をついて、彼の顔を見た。彼の目はゴミ箱をあさっている時とは打って変わって、ボクサーのようにギラギラ血走っていた。彼は黙って、百円硬貨をぼくの目の前に掲げて見せた。

「いつの間に拾ったんですか?」

「今、ここで拾ったんだ」

「不思議だな。どうもわからない。どんなコツがあるんです?」

「耳をすますんだよ。耳をすましてればな、何処かで金が落ちる音がするんだよ。そっちの方へ歩いて行けば、いいんだよ」

ぼくは再び、耳をすましてみる。……なるほど、二分もすると、何処かで乾いた金属音が二回や三回は聴こえる。

「もっと楽に金を拾える方法もあるんだがな」

「それはどんな方法ですか」

「自動販売機の下とか雑誌の売店とか宝くじの売店の木の台の下を棒でまさぐるんだよ。そうするとな、転がって下にもぐり込んじまった金が取れるんだよ」

「それは今までのやり方より効率が良さそうですね」

「今朝はこれで千二百円稼いだ。終電が行っちまった頃が稼ぎ時だ。酔払いがよく金を落とすからな。酔払いはおれのお得意さんだ。先週は酔払いのおかげで三万円も稼いだ。あいつらはよく金を落とすからな」

「しかし、体力がないと続かない仕事ですよね」

「疲れた時は缶からを置いて、坐ってりゃいいんだ。しかしな、おれは乞食はあまりやりたくねえ。面白くねえからな」

ぼくは彼の話を感心しながら聴いた。落ちている金はなかなか拾いづらいものだ。誰も見ていなければ、誰もが拾うが、こんな人通りの多い場所では誰もが思うように身動きがとれず、落ちている金に心を揺り動かされながらも素通りしてしまうのだ。そういうお金を拾うためには、彼のようなほこりまみれの恰好でなければならないのだ。「あの金は誰が拾うんだろう」と気にかけながら、素通りする紳士淑女も、浮浪者が拾って、自分の生計を立てていると知れば、腹も立たないだろう。

さて、ぼくは今一つの疑問を解決していなかった。浮浪者はどうやって栄養を摂っているのか。

この男はこれからフランス料理を食べに行くというので、ぼくは笑った。形式にはめ込まれて真四角になった紳士淑女が辟易する様子をつぶさに観察できると思ったのだ。しかし、この恰好ではまず、店に入れてもらえまいとも思った。それを彼にいうと、こう答えた。

「フランス料理屋に知り合いがいるんだ」

「ただで食べさせてもらえるんですか?」

ぼくは彼の冗談につき合うつもりでたずねた。

「あんたも食いたいか?」

「もちろんですよ」

それから三十分もしないうちに、彼とぼくは公園でディナーを会食することになった。サーロインステーキのフォアグラソース添えや海の幸のテリーヌ、鯛のマリネ、鴨の胸肉のソテーオレンジソースなどが雑多に盛りつけられた紙の皿をのぞき込みながら、うっとりとした。

「女の子を連れて来ると喜ぶでしょうね」

「あたりめえだろ。ここのフランス料理は絶品だぜ」

ぼくたちはプラスチックのフォークで豪華なフランス料理の切れ端をつっつく。つまり、こういうことなのだ。

東京でも名の知れたフランス料理店の店先をほこりだらけの臭い男がウロウロする。店は味より品位を重んじるところがあるので、客を浮浪者とは最も縁遠い存在として扱おうとする。そこで、浮浪者には客が残した料理を提供して、店先から退去していただくというわけだ。これはよくあることなのだという。彼は実に巧みにフランス料理店と関係を結んだものだ。

「やっと、疑問が晴れましたよ。でも、毎日こんな美食ばかりしていると、糖尿病とか高血圧なんかの心配もありますね」

「いや、普段はあんまりコレステロールがたまらないものを食ってるんだ」

「こういう生活もなかなかいいもんですね。あなたは頭のいい人だ。とても合理的な生活を営んでいると感じましたよ。でも、退屈しませんか？」

「しないね。暇な時は寝床で雑誌を読んでるし、テレビを見たい時は電器屋の前に行きゃいいし、着る物は時々、おばさんが家族のお古を持ってきてくれるし」

「便利ですね。ところで、普通、浮浪者らしき人は自分の荷物を一式持ち歩いてるでしょう。あなたはいつも手ぶらなんですか?」

「荷物は家に置いてあるよ」

「家があるんですね」

「新宿駅にな」

「置き放しにしといて、盗まれませんか?」

「大丈夫だよ。おれの母ちゃんが留守番してっから」

「えっ、結婚してるんですか?」

「先週、三万円拾ったから、結婚した」

「やることが素早いですね」

「おれのとこにいたいっていったから、結婚したのさ。おかしいか?」

「いや、結婚っていうのはそういうものなのかも知れませんけど」

「おれはモテるんだ。今度で七回目だからな」

「映画俳優並みですね」

「あんた、さっきからおれに聞いてばっかりだけど、あんたは誰なんだ」

「ぼくですか、ぼくは誰なんでしょうね」

「記憶喪失かい？」

「まあ、そんなところでしょうか」

「変な奴だ。家に帰りてえんじゃねえのか」

「帰ろうにも家がわかりませんからね」

「警察に行った方がいいんじゃねえの」

「ぼくはあなたと同じで何も悪いことしてませんから、行く必要もないでしょう」

「でも、警察に行かにゃ、家に帰れねえだろ」

「いいんですよ。ぼくはあなたを見ていて、勇気が湧いてきました。家に帰らなくたっていくらでも生活していけるんですから」

「あんた、おれみたいに生活するのか？」

「まだわかりません。もうちょっと考えてみます。もう、ここで別れましょう。きょうはいろいろ教えてくれて有難う。おまけにフランス料理まで御馳走になっちゃって」

「なに、お安い御用だ。おれに会いたくなったら、またくればいいさ。おれは新宿の西口に住んでっから」

「有難う。じゃあ、さようなら」

　彼はぼくを記憶喪失だといったが、そういえば、ぼくがきのうからやっていることは自分にもよくわからない。記憶喪失というのはこういう状態のことをいうのかな。

いや、待てよ。記憶がなくなるということは思考ができなくなるということじゃないのか。だって、言葉や論理を忘れたら、思考なんて成立しないじゃないか。ぼくはきのうだって、ちゃんとまともなことを考えられたぞ。あっそうか、記憶喪失といっても、記憶が全部消えるわけじゃなくて、一部が消えるだけなんだ。すると、その消えた部分というのは何だろう。何を忘れたか知っているのなら大した問題はないわけだ。調べればいいんだから。でも、ぼくは何を忘れたのかよくわからないんだ。まず、自分が誰かわからない。でも、そんなことは小説家だっていうだろう。ぼくはここにあるところのものだっていえば、それでいいんじゃないか。ただ、自分の名前はわからんな。それから、自分の家も、家族のことも、自分の職業もわからない。でも、そんなものとりあえずは調べなくたって済むだろう。ぼくは今、別に困ってるわけじゃないからな。

記憶喪失か……なかなか恰好いいな。映画の主人公みたいだな。きっと、症状は軽い方だろうな。生きていくのに大した支障はなさそうだから。腹が減ったら、フランス料理店の前をうろつけばいいし、デパートの食料品売場ではいつも何かを試食させてるんだから、それを食べてもいい。金が必要な時はあの男が教えてくれた方法を使えばいいんだ。そのうち、記憶のどの部分が欠落しているのかわかってくるだろう。

考えてみれば、普通に社会生活を営んでいる人だって、多かれ少なかれ、記憶喪失みたいなもんだ。人の名前なんてすぐ忘れるし、酔払いは、我に返るまでの何時間かの記憶が欠落したりするじゃないか。

　それに過去なんて人間を狭い価値観の中に押し込めてしまうだけのものだといっても大した間違いにはなるまい。だいたい、あの浮浪者や見覚えのない妹にしてみたって、自分の過去の記憶にどれほどの意味があるっていうんだ。怨念とか分裂病とか差別主義とか集団狂気とか……人間のマイナス面の殆《ほとん》ど全ては過去の記憶によってもたらされるのじゃないか。となれば、ぼくは記憶喪失になったことをもっと喜ばなくてはなるまい。

　さて、これからどうしようか。そういえば、ぼくはシカゴからやってきた観光客だった。すると、ぼくの家はシカゴにあるのか？　いや、ぼくはシカゴに行ったことはない。頭が痛くなるから、金輪際、自分が何者か考えるのはよそう。とりあえず、ぼくは言葉を話すゴキブリということにしておこう。

　ぼくはポケットから財布を取り出し、中味を調べた。千円札が五枚と小銭、キャッシュ・カードが入っていた。幸い、暗証番号は忘れていなかったので、早速、銀行に駆け込んで三万円ほど引き出してみた。何と残高が二百五十万円もある。ぼくはとりあえず、五十万円おろした。何に使うかはお金が考えてくれる。

　きょうはずい分頭を使った。あちこち歩き回って節々が痛む。ホテルで一風呂浴びて、ゆっくり休むとしよう。金はあるんだから、ぼくを形式の枠に収めようとする奴が現れるまで、せいぜい記憶喪失の恩恵に浴することにする。

ぼくはベッドと自分の見分けがつかなくなるほど深い眠りに落ちた。ぼくがベッドと一体化している間、ぼくは東京とは別の世界をさまよった。

ぼくは裸で水中を浮遊していた。ひどく空腹で何か食べるものはないか探していた。水中には魚も海藻もなかった。ただ、食べられない暗闇があるだけだった。仕方なく、水を飲んだが、やけに塩辛かった。却《かえ》って食欲を刺激されたぼくは自分の腕に嚙みついた。そのとたん、ぼくの全身はみじん切りにされたようにバラバラになってしまった。バラバラになったぼくの部分は一つ一つがアメーバーのように独立しており、四方八方思い思いの方向に泳いで行ってしまった。そのうち、また集まってぼくは自分の姿かたちを取り戻せるだろうと思ったが、そうはいかなかった。ぼくの部分たちはそれぞれの派閥をつくって、鯉になったり、あんこうになったり、ゴキブリになったりした。すると、今までのぼくは何者だったのだろう。

翌朝、九時に目覚めるまで、眠りは一度も中断されなかった。寝起きは爽快だった。脳の中心部には小さなブラックホールがあって、ぼくの記憶を貪り食っている、そんないい方もできそうだ。ぼくはもっともっと、単純で屈託のない人間になりたいのだ。記憶よ消えろと呟き続けたい気分だ。ついでにそのブラックホールには他人の記憶も食いあさって欲しいものだ。

ぼくはレストランで遅い朝食を摂った。だんだん、自分がシカゴからきた観光客であるような気がしてきた。シカゴではいつもこういう朝食を食べていたんだ。トースト、クリスプベーコン、フライドエッグ、ブラックコーヒー……。

ぼくはホテルを出ると、手ぶらの観光客というのもおかしなものだと思い、少し身の回りの品を買って、持ち歩くことにした。

先ず、大きめのバッグ、それから下着を三組と靴下を三足、整髪料やひげ剃り、歯ブラシなど一式が揃っているトラベルセット、折りたたみの傘、替えのワイシャツとズボン、ハンカチを三枚、ついでに文庫本を二冊と週刊誌を買った。これですっかり旅行者らしくなった。ぼくはもうさまよえる記憶喪失者ではなく、完全武装の観光客となった。あとは行き先を決めればいい。外国からの観光客は京都へ行く、と決まっている。

というわけで、ぼくは一時間後には新幹線に乗っていた。食堂車でビールを飲みながら、アメリカの観光団体の連中と会話をしていた。彼らはぼくのことが結構気に入ったらしく、チョコレートやらヌガーやらをうるさく振るまった。何がいいのか知らないが、日本は素晴らしい国なのだそうだ。ぼくは彼らに適当に合わせていた。反論するほど語学力があるわけではないし、何でも素晴らしいといっておけば無難だろうから。そして、彼らのツアーの一員として、古都観光をすることにした。

こうやって、行く先々で会った人々と関係を結べば、楽しく生活してゆけるに違いない。いずれ、ぼくを好きになる女も現れるだろう。あるいは、誰かぼくを知っている人が現れるかも知れない。その時、ぼくの記憶は蘇っていないかも知れないが、それはそれで見知らぬ自分を物珍し気に観光するようなもので、けっこう楽しいんじゃないか。観光客ほど素敵な御身分もそうザラにはあるまい。無責任でいられるし、恥はカキ捨てられるし、それでいて、無下にされることもないし……。

それはそうと、ぼくは頭がズキズキする。体の節々も痛い。夢で見たように、ぼくの関節という関節がはずれて、全身がたまねぎのみじん切りのようにバラバラになって、その一つ一つが鯉やあんこうやゴキブリに再構成されるのかもしれない。

# 聖アカヒト伝

私は自分の意志で精神病院に入院した。最初にいっておきたいのは、狂っているのは私ではなく歴史であるということだ。

あるいはこういうこともできる。狂人にしか見えない歴史のからくりというものがあり、それを誤まって口にした人が脱正気人扱いされるのだと。実際、こうしたケースは多い。その意味では、私は脱正気人であることを唯一の誇りにしている。精神病院はその誇りを守る最後の砦《とりで》なのだ。

「みんな騙されているんだ」などといくら私が叫んでも、精神安定剤の注射が一本増えるだけだ。そんなことより私はこの節操のない幼児社会をつくり上げるのに多大の貢献をした男について語るべきだろう。その方が狂人の愚痴より数倍面白いはずだ。ただ、この男について語るのは、粘膜におおわれた醜悪な動物に愛されるように不快だ。

私の不快はおそらく、この男と私が似ていることにある。唯一、異なるのは私が刃物を持たない脱正気人であるのに対し、この男は刃物どころか軍隊を持った脱正気人であるという点だ。つまり、私は自らのために脱正気人なのだが、この男は社会のために脱正気人なのである。

なぜこんな奴がこの世にはばかるのかと憤怒《ふんぬ》のあまり吃《ども》りながら哀訴する人々は多い。しかし、殆《ほとん》どが無駄な抵抗である。私のように精神病院のベッドの上でブツブツ語るケースが多い。

私は被害者をたくさん知っている。大人国《たいじんこく》（国名）に住んでいる人は互いに被害者であり、加害者なのだが、私と同じような境遇の人を挙げてみよう。例えば無実の罪で監獄にたたき込まれた人を七八人知っている。そのうちの三人が国家反逆罪という大人国では極めて珍しい科《とが》で終身刑をいいわたされた。残り四五人のうち二人は受託収賄罪で、一人は横領罪だった。あとは窃盗か殺人の濡れ衣を着せられたと思う。比較的軽い刑の無実の罪に問われた者はこの限りではない。この男の手にかかったら、犯罪は全てでっち上げで、大人国民の結束を強くするためのショウみたいなものだ。監獄に入れられなかった場合は私のように危険を察知して、精神病院に避難する場合が多い。逃げ遅れた者は数知れずだ。夫を奪われた女、妻を奪われた男、財産をまき上げられた者、この国を追放された者、人身売買にかけられた者……彼らはこの男とその取巻きたちの道楽のネタに供されたのである。

私は、黙して語らぬ、語る術を知らぬ被害者たちに代わって、この男の物語を始めなければならない。最低限の身の安全だけは確保できる精神病院で密かにペンを執る日々が続くだろう。ただ、いつまでペンを握っていられるかはわからない。私は病院の監視のもとにあるし、毎日、得体の知れない薬を注射されている。看護人は軽い精神安定剤だといっているが、怪しいものだ。私はいつまで理性という意地を張り通していられることやら。たぶん、私がにこやかな表情の仮面をつけた看護人に注射されているのは長期間にわたって緩慢に思考回路を変える薬に違いない。私は注射を拒否することもできる。しかし、薬を打たない日はきまって食事がまずいのだ。スープはいつもより苦いし、パンの匂いがいつもより強いのだ。私は食事だけはおいしく食べたいので殆ど注射を拒否しないようになった。今更、ジタバタしても夜を明るくすることはできない。ともかく、私はこの時代のこと、この男のことを記録しなければならない。かつて大人国で人々が「平和だなあ」と牧歌を歌っていた頃から、平和なあまり大人国自体が発狂していく今日までの歴史を証言できる者はおそらくここにしかいない。私が沈黙してしまったら、〈もう一つの〉真実は骨となり、風化してしまうだろう。いや、この場合、人の数ほど真実があるというべきか。

この男について語るためにはこの男の父親、小権力者たちが「父上」と呼んでいた人物について話さねばならない。この男の事業は父上の後楯がなければ絶対不可能だったからである。

都心にほど近い所に人工的な森がある。沈黙を守る、清潔な、何か捉えどころのない森にはゴミ一つ落ちていない無表情な道路が整然と交差しており、時折、黒い曖昧なサロン・カーが通るのだった。

森のあちこちにはいくつもの城があり、どれもファッションモデル然としていた。そこにはやり手の政治家や成功した実業家、高名な文化人などが住んでいた。

森にはとりわけ他を圧倒する威容を誇る城がある。この城は何か他人に見られてはまずいものをたくさん隠しているようだ。でなければ、これほどまでに人を寄せつけない工夫を凝らさなくてもよさそうなものだ。三メートルは越える花崗岩《かこうがん》の塀のへりには高圧電流が通じ、門柱にはテレビカメラがついており、通行人を二十四時間監視していた。番犬は三十頭のドーベルマン。うち五頭は狂犬病だという。守衛小屋は城の四つの出入口にあり、常時プロレスラー大の男が制服姿で立っていた。

壁の向うは球場が二つすっぽり入るほどの広さで、桜、ブナ、ナラなどの植樹林やコンクリートの岩清水や前衛建築家の手による白鳥の湖、針のむしろを敷いた死の谷などが水墨画に彩色を施したような深山幽谷をつくっていた。

城は大理石でできていた。夕陽を浴びると、城はニタニタと笑い出し、この世の権勢を高らかに誇示するのだ。城の屋根には太陽電池が苗床のように並んでおり、自家発電所の電気と合わせて過剰なほどのエネルギーを蓄えていた。城主はこの世を明るく照らすものとしての電気を偏愛していて、かつては偏執狂的に大人国中に発電所を建設させていた。

父上は金も愛しており、城の地下には金をプールしていた。彼がまだ元気だった頃、金のバーベルでよくトレーニングをした。同じ地下には核のシェルターがあった。ここには三十人分のスペースと二ヵ月分の備蓄があった。地下のシェルターと金のプールは実に皮肉な共存である。城主は金が放射能を好んで吸収する核時代の凶器であることを知らなかったのである。

父上の居室は城の二階の奥の最も陽当りがよい場所にあった。城の使用人たちはそこを「オク」と呼んでいた。オクのほか城には全部で六十三の部屋があった。

父上がこの城を建てさせたのは、彼が四十歳の頃だった。大人国が侵略戦争の立役者だった時代に父上は莫大な資産を築いたのであった。彼は軍需産業の救世主と呼ばれていた。その後、大人国が戦争に敗北すると父上は平和産業の旗手となった。神出鬼没の彼の行動は冷徹な計算に基づいたもので、いささかも無駄がなかった。彼が人差し指を右から左に数センチ動かしただけで何億という金が旅をするのだった。彼は札束で階段をつくって、政界に踊り出た。そして今から二十年ほど前に国家元首になった。その背後にはかつて大人国を占領していた大国モリ連邦共和国の中央情報局の後楯があったといわれている。彼は大人国のマスコミと警察をスイッチ一つで操作できる権利を与えられたので、歴史上存在しなかったほどの権力者になった。

父上は権力の維持の仕方、そして権力者の苦悩をよく知っていた。大衆を華麗に煽動《せんどう》し、資本主義の闇の帝国を築いたあのつるっ禿《ば》げの口髭《くちひげ》を生やした小男ゼットンの教訓を父上はいつも心に刻んでいた。派手な見世物で獲得した権力など三日天下のハリボテに過ぎないと。彼は国家元首の地位を自ら降り、城に引籠《ひきこも》った。政敵の攻撃を避けるためにできるだけ曖昧な存在になる必要があった。いつしか父上は自らの実体を消し、父上という名の制度になった。政策決定も最終的には父上の首の振り方一つという具合になった。誰も父上を独裁者とは思わなかった。彼は政治家の暴走を監視する装置となったのである。政治家は父上を〈全てお見通し装置〉と呼んで、怖れた。父上は政治をゲーム盤の上で操作することができた。政治家がからむ汚職事件は大人国政治の上カスすくいの儀式で、父上が指示してでっち上げたものが多かった。政治には汚職がつきもので、その汚職が追及される政治的倫理も野党などから自然に働くという錯覚を国民に起こさせ、均衡のとれた政治を維持しようという父上の計算があった。父上は権力者になることは絶対多数の普通の人々に幸福を約束してやること、彼らの不幸を背負い込むことだと考えている。幸福を与える代わりに制度への服従を要求する。人類の歴史が何千年続こうが、封建制から共和制に変わろうが、社会主義革命が起きようが、この原則、主人と従僕《じゅうぼく》の関係だけは変わっていない。

私は人が聞いたら笑うようなこと、「人間の尊厳」てやつを求めたのだ。その結果が精神病院への避難だった。もちろん、私は後悔などしていない。こうして歴史の記述を行ないながら、見栄に過ぎないとはいえ、人間の尊厳を嚙みしめているのだから。私は主人と従僕の関係の外にいるつもりだ。ということは、私は父上やあの男と対等の位置にいるといっていい。少年時代を憶い出す。私は自分より三つ年下のあの男に制裁を加えた唯一の人間なのだ。


あの男はアカヒトと名づけられた。父上が四十九歳の折、正妻が生んだ一粒種である。父上は当時、四十九人の妾《めかけ》を国内ばかりでなく外国にも散らばらせておいたが、子供は生ませなかった。その頃はまだ敵も多く、子供は脅迫の道具にされる危険があったからだ。

年をとってからの息子だったので、父上は身近の人々が恐しくなるほど喜んだ。アカヒトの誕生日を「我生涯至福の日」と呼んだ。しかし、この国にとっては「破滅ドラマの開演日」なのであった。

父上はアカヒトの誕生を祝う宴を二晩にわたって催した。城の大ホールは宮廷の舞踏会を思わせる華やかさだった。イタリヤで活躍するオペラ歌手が子守唄を歌い、ショパン・

コンクールに優勝したことのあるピアニストは「子供の夢」という即興曲を弾き、ロシヤの亡命バレリーナが自ら振り付けた「生きる喜び」を踊った。フランスの著名な二枚目俳優はアカヒトの顔を見て、「女をうっとりさせる男になられるでしょう」といい、高名な占い師は「将来、この国の危機を救う大事業を行なうでしょう」といった。父上はアカヒトに寄せられるありとあらゆる賛辞を真に受けるほどの親馬鹿ぶりだった。宴に集まった人々は誰しもが思った。「あの人を父親に持った子は悪魔になるしかない」と。

父上はアカヒトを溺愛した。世界中のあらゆる玩具を与え、城の中庭には小さな観覧車やジェットコースターを置いた。父上は幼ないアカヒトに嫌われるのを恐れ、わがままを無制限に聞いてやった。その代わり、城の外には滅多に出さなかった。父上は自分の権力を息子に譲渡するつもりはなかった。自分とは別の世界で、保護膜に包まれて生きることを願った。アカヒトは主人と従僕の関係の例外であり、矛盾だったので、彼が自由に振舞うことは制度の無化を意味したのである。父上の脳裏には歴史上の不幸な王子たちの姿があった。父王のあまりの偉大さゆえに汚点をつけることしかできなかった王子、国家権力と私生活の境界を見失ない、権力の自家中毒によって国を没落させた二代目の運命はそのままアカヒトに写像させることができたのだった。そこで父上はアカヒトが将来、虎の威を借りて社会を混乱させることのないように彼自身を無害なものにする教育を施した。それにはさしあたり、芸術に熱中させるのがいいと父上は考えた。アカヒトはピアノやバイオリンをはじめ、絵画、彫塑《ちょうそ》、バレエなどを満腹の人がチーズの塊を齧《か》じるように習った。「芸術家のように人畜無害な人間になってくれればいい」という父上の願いは実を結ばなかった。ただ、アカヒトは小さな容器が破裂するほどの享楽と素養を詰め込まれて、猥雑な美意識と荒涼たる飢餓感を育むことになった。

彼の飢餓感を癒してくれたのは母親だった。アカヒトを子宮で養っていた人は少女の茶目気と貴婦人の気位の高さを持った人で、彼の愛人でもあった。彼女の規律正しい生活は時々、城で催される宴の乱痴気騒ぎによって支えられていた。贈り物の箱に入れられて育った彼女は親子ほども年の違う夫に嫁いで、彼の宝物館に入れられたが、アカヒトが生まれてからはその生活も苦にならなくなった。彼女にとってアカヒトは欲求不満を晴らしてくれる小さな騎士だったのである。彼女はアカヒトに聖者伝を読み聞かせたり、無害な悪戯を調教したりした。彼女は口癖のようにいった。「あなたのお父さまはこの国で一番偉いお方なのよ。あなたはそれに恥じることのないようにお父さまにもできないことをなさい」

父親は息子に自分の分身を見る。母親は息子を愛玩用の恋人と見る。息子には母親の愛し方の方が魅力がある。母親は子にとっては私物であるが、父親は官物に近いのだ。まして父上の場合は……。父上はできる限り「いいパパ」になる時間をつくったが、結局、最後には面倒臭くなって、金や物で釣ろうとするのだった。

ある日、幼ないアカヒトは「パトカーが欲しい」といった。父上は精巧なパトカーの模型を与えたが、アカヒトは「乗れるパトカーが欲しい」といった。父上は特別注文で遊園地にあるような電動式パトカーをつくらせ、与えた。すると今度は「本物が欲しい」という始末だった。父上は渋い顔をしたが、アカヒトの笑顔見たさに本物のパトカーをレンタルさせた。城の中を走るだけでは満足できなかったアカヒトは「外を走りたい」といい出した。父上はそれは断じて許さなかった。けれども母親が父上の留守にアカヒトのわがままを聞き入れてやった。アカヒトはおもちゃのピストルをパトカーの窓から乱射したり、かんしゃく玉をばらまいたりした。アカヒトは球場二つ分の窮屈な王国に軟禁されたままの皇太子であるにとどまらず、王国を拡大する才能があったし、その才能を伸ばした母親の存在も忘れてはなるまい。

アカヒトは幼児の虐待趣味を無制限に発揮した。メイドを裸にし、四つん這いに乳母車を引かせた。乳母車上に仁王立ちになった幼ないアカヒトは柳の枝の鞭を振り回し、奇声を発するのだった。また、メイドはパイ投げの的にもされた。パイが顔に当ると、遊園地の鬼のように「ウォー」とうならなければならなかった。パイ投げはやはり、城の中にとどまらず、街頭でも行なわれた。パトカーがサイレンを鳴らして走って来たかと思うと、急停車する。小さな子供が降りて来る。そして、通行人は顔にパイをぶつけられるのだ。

アカヒトは糞尿が汚ないものだという意識を持っていなかった。彼は五歳になるまで、トイレに行くのを怖がり、人が見ている前でなければ排泄ができなかった。アカヒトは気に入ったメイドに親愛の情を示す時、自分の糞尿を相手に塗りたくるのであった。

アカヒトは毒気に満ちた幼年時代を過したにもかかわらず、素直で、これといった特徴もない子に仕上った。競争も物質的飢餓も全くない城、球場二つ分の子宮で育ったからだといえば一応の納得はいくが、彼の心の中には得体の知れない飢餓感が伏流をなしていたのは事実だ。両親はそれには気づかず、ただ「社会生活に慣らしておかなければ何らかの障害が現れるかもしれない」という理由で彼を学校に入れた。

アカヒトは発育不良で頭の回転も鈍い子供だったので、はじめはクラスメートにも相手にされなかった。ところが、しばらくすると学校中の児童たちがこぞってアカヒトに群がるようになった。アカヒトの父上のことが全校の父兄に知れるや、父上とのコンタクトをつけようと、父兄たちが自分の息子や娘にアカヒトと仲良くするよう命じたのである。アカヒトは政治家や大企業社長、芸能人らの家に特別の客として招かれた。彼は他人の城でも皇太子だった。子供の喧嘩は両成敗が原則になっているが、アカヒトが一枚嚙んでいる場合は、常に彼が正義を守る騎士になるのだった。アカヒトと一緒に遊ばされる子供たちはたまったものではないが、彼のグループから離れれば、より堪え難い受難にさらされる。少なくとも学園内で孤独に流民となるか……いけにえになることも覚悟しなければならなかった。その代わり、アカヒトは仲間の面倒見は良く、惜しみなく奪いつつ、惜しみなく与えていた。

アカヒトが三年生になった時だった。彼はいつものように取巻き連中に囲まれて〈人間狩り〉をしていた。その日のいけにえは教師もひいきするほど可愛い女の子だった。彼女が手下に身動きできなくされると、アカヒトはスカートの中に手を入れ、白い三角形のもの——彼らが女の魂と呼んでいるものを略奪した。現場にはアカヒトより三つ年上の勉強もよくできる少年がいて、彼は勇敢にもアカヒトの頭を殴り、足払いをかけて、砂で顔を洗わせた。アカヒトは殴られた痛みより、殴られた事実にショックを受け、声も出さずに手足をバタバタさせた。アカヒトの手下たちは禁忌《きんき》が破られたのを見て青ざめた。すると、彼らのうちの一人が何やら恐怖にかられてアカヒトを殴った少年に突進して行った。すると、放心状態で地面の杭になっていた手下たちも、火事場を前にして水をかけることにようやく気づいたかのように少年に向って行った。こうなるとピラニアに食われるライオンだ。少年は素裸にされ、手足を押さえつけられ、小人の国のガリバーになった。〈用意〉が整ったと見るや、アカヒトは気を取り直して少年の顔に向けて放尿した。

少年はその場で報復されたので、それ以上酷い目に合わずに済んだ。けれども、それから間もなくして、退学処分にされた。そして今、こうして歴史の記述を行なっている。

私はアカヒトと対等の立場に立つことのできた唯一の人間だと信じている。あれ以来、私はアカヒトとともに生き、アカヒトの行動を監視する目になったのである。

アカヒトは教師たちも狩りの獲物にした。彼は手下たちに投票をさせて、気にくわぬ教師を選び出し、制裁を加えるのである。結婚を控えて退職間近の女教師が「授業をおろそかにしている」という罪で獲物にされた。彼女はアカヒトの手下たちの手で体育館に連行され、素裸にされた。肋木《ろくぼく》に磔刑《たっけい》となった受難者は大声で婚約者の名を叫び、アカヒトたちに悪罵《あくば》の限りをぶつけた。手下たちは肋木にしがみついて、女教師の体に絵の具を塗りたくった。肋木から下ろされた彼女はマットの上に寝かせられ、四肢を押さえつけられた。そして、裸になったアカヒトが寄り添い、絵の具にまみれて、「ママ」などと甘えてみせるのだった。

アカヒトの権力は中学に上るとより一層増大した。国民の九十パーセントを臆病者が占めているある国に「愚か者は臆病者の間で栄えよ」という諺があるが、それはアカヒトのために用意されたといってもいい。学校の生徒たちはアカヒトの傘の下に入れば、恋人はできるし、いじめられずに済むし、おやつや洋服は買ってもらえるので、自然に主人と従僕の制度は強固になった。

アカヒトはよくパーティを催した。取巻き連中はすでに三百人に達していたが、全員を城に集め、仔牛を二頭屠殺する儀式を取り行なった。その場でブッチャーが肉を切り、炭火で焼いて、飽食した。アカヒトは手下に芸をやらせて楽しんだ。歌う者、踊る者、アクロバットをする者、ストリップをする者と様々だった。アカヒトに芸を気に入られると、より身近に接することができるので、彼らは芸を磨いた。彼は手刀で瓦を五枚割った女、裏声を鍛えて女声で歌う男、牛肉一キロの早食競争で優勝した女などが特に気に入ったので褒美を与えた。

アカヒトの見世物好き、見世物を創案する才能は後年、彼自身にとっては幸いし、我々にとっては災いした。彼は見世物を通じて、巨大な権力を手中にした。権力獲得の技術は全て少年時代の悪戯から学んだのであった。こういってもいいだろう。アカヒトが遊ぶということは権力を獲得するということだ、と。この点で、父上の権力獲得のプロセスとは大いに異なる。父上は政治を大衆から遠ざけ、密室の作業にしたのであった。民主主義は父上の手で完成されたといってよいだろう。つまり、国民には最もわかりやすいモラル——例えば、平和だの人間尊重だのをお経のように唱えさせ、複雑な駆け引きを全て何とか委員会という密室に隠して、国民には七面倒臭いことを考えさせない制度を打ち立てたのである。国民はただ平穏な日常生活を送っていればよいというわけだ。しかし、国民はある程度の生活水準を保障されると、平穏無事を憎むようになる。平和を叫びながら世界破滅を夢見、人類愛に感動しながら隣人を憎み、正義を唱道しながら悪に憧れ、道徳を守りながら不道徳を平然と行ないたいと願うのである。そんな時、アカヒトのような男が現れたらどうだろう？　世界の破滅をゆっくりと楽しく演出してくれる指導者が現れたら……。個人は個人に対して責任があるが、大衆は大衆に対して限りなく無責任である。世界を破滅させるのは誰か？　もちろん大衆である。核兵器などではない。しかし、大衆は世界の破滅は自業自得だと認めたがらない。一人一人が平等でなければ存続できないこの世では互いに罪をなすりつけ合うのである。おまえが悪い、いやそっちこそ悪い……

私はアカヒトが中学生の頃に、大人国の未来を予想することができた。アカヒトは幼児退行社会誕生の前夜にひょっこり姿を現し、国民の不安を世界破滅のエネルギーに転化するだろうと。

アカヒトの日常生活はソドムとゴモラがノアの洪水でごちゃ混ぜになったものだった。荒唐《こうとう》無稽《むけい》と非現実が彼の生活を支える最も基本的な……モラルであった。中学から高校時代にかけての彼の日常は見世物とハプニングで占められていた。彼は手下に電柱を切り倒させたり、じゃがいもを道路一面にばらまかせたり、ビルの屋上から赤インクをばらまき血の雨を降らせたり、スタントマンを雇って街頭で派手に殺人劇をやらせたりした。これらの乱行はどれも警察沙汰になるのだが、もちろん、アカヒトは留置場がどういう場所なのか全く知らなかった。ただ、彼は父上の命令でしばらくの間、精神病院の特別室で過さねばならないこともあった。アカヒトにとって乱行のあとのこの謹慎期間は月経のようなもので、必要不可欠な肉体的休息でもあった。

特別室はロココ風の調度品で彩られ、ゴンドラを模したベッドは部屋の中央のプールに浮いていた。彼の身の回りの世話は下着を付けていない看護婦が行なった。精神病院にいる間だけ、彼はただの人が学校で教わることを学んだ。勉強することがすなわち、彼にとっては日常からの逸脱であった。アカヒトは数学も英語も物理も歴史も貪欲に学習した。彼は左手で鉛筆を走らせ、右手で〈病院教師〉の陰毛を引っ張った。これは爪を噛んだり、貧乏ゆすりをするのと同じような癖で、こうすると勉強がはかどるのだった。〈病院教師〉は一時間の熱のこもった授業を終えると、目に涙をためて、赤く腫れた三角地帯を氷で冷やすのだった。

時々、病院には母親が現れ、彼を幼児のようにあやしながら、聖者伝を読み聞かせた。彼女は昔から、推理小説を読むように聖者伝を読んだ。彼女は密かに、我子が聖者になることを願った。例えば、聖者というのは……

聖ジュリアンの話。彼はある地方の領主の子として生まれた。彼は少年時代に狩りに熱中し、動物の殺生を重ねた。ある日、親子の鹿を殺そうとした時、彼は雄鹿の予言を聞いた。「おまえはいつか両親を殺《あや》めるだろう」と。ジュリアンは鹿の予言に苦しめられ、その強迫観念から逃れるために城を飛び出した。彼はいつしか民衆の義勇軍の指揮官となって、侵略された王国を解放し、気づいたら王の養子として迎えられていた。ある日、しばらくの間断っていた狩りに出かけた彼が城に戻ってみると、寝室のベッドで妻が男と寝ているではないか。猛り狂った彼はベッドの中の二人を殺してしまった。ところが殺したのは、彼を訪ねて来ていた両親だったのだ。彼はまたも城を離れ、放浪者となった。そして、民衆のため、無償の労働に我身を酷使したのであった。遂に彼が自分の全てを世のために捧げた時、神が現れ、彼を天国に運んでいった。

次は聖アンドレイの話。彼は百年に一人というような天才的物理学者だった。世界中でまだ誰も為し得なかった水素爆弾を開発した。いや正確にいえば、水素爆弾製造にも応用できる方程式を完成させた。彼は科学アカデミー会員となり、広い庭とプールのある大きな屋敷、運転手付きのリムジン、様々の特権を国から与えられた。しかし、彼にとっては苦悩の日々が続いた。アンドレイが編み出した方程式はとても便利なものだったが、それを利権屋が利用して、全く役に立たない代物をたくさんこしらえてしまったからだ。水爆を地球に置いておくことは太陽を素手で触るようなものである。一体、誰が始末するのか？「つくっちゃったんだもの。しようがないよ」と多くの人は思っている。全くその通りだ。せめて今、人が死なないようにそっとしておくしかない。アンドレイは人類の幸福のために我身を投げ出した。しかし、人類の幸福は国民の幸福に反するのだった。彼は政府や外国や国民に訴えた。「みんながヒコクミンにならなければ、平和は来ない。役に立たない代物を脅しの道具にするな。物をいったり、書いたりする自由を奪うな。国を見捨てる自由を認めろ」と。その結果、彼は政府や国民から狂人扱いされた。

お次は聖シホンの話。彼は前の二人とは違って、生まれも育ちも貧しい百姓だった。幼ない頃から夢見ていたのは贅沢三昧の生活だった。彼は小学校を出てすぐに、炭屋の丁稚《でっち》に出された。一日十六時間の労働で毎日濡れ雑巾になりながらもせっせと本を読んで勉強したのだった。彼は三十歳を過ぎた頃、古材でも木片でも炭をつくれる家庭用炭焼器を開発し、これを機会に独立した。家庭用炭焼器は彼の見込み通り、売れに売れたのでかなりの蓄財ができた。戦争が始まると彼は武器製造の下請けをやり、間接的に多くの人々を殺すのを手伝った。戦後、彼は自分の罪に苦しみ、財産を人々のために役立てようと決心した。「世界は一つ。人類は家族」のスローガンを掲げ、募金活動を行なった。彼はもちろん、世界や人類の不平等を平らにするために我身を犠牲にしているのである。彼は大人国では父上と呼ばれて、人々の畏怖と尊敬を独り占めしている。

アカヒトはこんなお伽噺に涙し、聖者と自分の区別もできず、聖者に自分の分身を見てしまうほどめでたい夢遊病の王子だった。

アカヒトにも初恋があった。但し、それは一種の性的倒錯だったといわざるを得まい。彼がある日、取巻き連中と場末の街を遊園地で遊ぶような気分で歩いていると、これといった特徴のない少女が幼児の砂遊びの相手をしているのを見かけた。アカヒトは少女に、手当り次第に物を口に入れる幼児のような興味を覚えた。庶民の日常生活を実際に目で見てみたいと思った。それまで、彼は大衆と自分の関係しか知らず、一人の庶民と自分の関係に全く未知だったのだ。

アカヒトは「王子と乞食」のあの浅薄な王子のように自分と姿形のよく似た乞食と身分を交換したりはしなかった。あくまで、映画を見るように彼女の日常生活を覗こうとした。

ヒロインの彼女はマユミという高校生だった。彼女は課外活動で孤児院や養護施設にボランティアとして奉仕していた。アカヒトは「俺も恵まれない子のために奉仕したい」といって接近し、側近を四人連れて、実際に養護施設に出向いた。彼は〈猟奇的〉な、〈倒錯的〉な光景を見て、目がくらんだ。知的障害の子供たちに歌を教えたり、手をとって食事の仕方を教えたりするマユミの姿が自分にそっくりだと彼は思った。彼女のエプロンについたソースの染み、スープのとばっちり、間の抜けた、歌声のような雄叫《おたけ》び、部屋のカーペットの上に落ちているハンバーグのような大便、そして、この転倒した世界で何気なく振る舞う彼女を無心に観察した。知的障害の子供たちの姿にアカヒトは自分の幼年時代のことを思いだしたのだった。やがて、彼は自分が彼女に介助されているような気分になり、同時に自分が彼女を介助しているような気分になった。

アカヒトはアトラクションチームを組んで、彼女と施設巡回を共にした。行く先々で子供たちに多過ぎるほどの小遣いを与えた。マユミはアカヒトを尊敬しながらも、彼のいやな〈におい〉が鼻についてならなかった。それでも、彼女はアカヒトに何か抵抗できない魔力を感じて、彼の招きに応じ城に何度か足を運んでいた。

ある日、アカヒトがマユミにいった。

「俺はおまえが養護施設でやっているようなことをおまえにしてやる」

そして、彼は自ら彼女の服を着替えさせ、食事を食べさせ、風呂に入れ、トイレにもつき合った。マユミは抵抗したが、アカヒトの手下が許さなかった。マユミは城に一週間ほど幽閉されていたが、この間、手足も目も鼻も口も、尿道も肛門も膣もアカヒトに預けなければならなかった。

アカヒトはマユミをだしにして聖者になる訓練をしていたのだった。人々のために我身を擲《なげう》って、奉仕することが自らの使命であると信じ込んでいたのである。マユミにとっては余計なお世話もいいところだ。アカヒトが聖者の真似をすることで、彼女は気の毒な被害者になったのだ。

アカヒトが聖者になるということはすなわち、国民が欲深い下司《げす》や迷信を信ずる子供になることを意味する。悪戯や拷問、見世物を趣味にする聖者が頂点に陣取っていれば、そこには幼児たちのピラミッドが形成されることになる。

マユミはアカヒトが聖者になったのが原因で死亡した。彼女の父親は警察に駆け込んで哀訴した件で二週間、留置場に入れられた。その後、今度はマスコミに訴えたが、新聞は「娘の自殺を他殺だといい張る父」と書いた。

アカヒトは時々、マユミからえぐり取った子宮のアルコール漬を見ては初恋の淡い思い出にひたった。「俺は彼女と〈無償の愛〉を分かち合ったのだなあ」と。

ここまで書いたところで私は病室を移された。今までは格子縞《こうしじま》の日光がベッドに差し込んでいたのに……私は地下のジメジメした病室でカビと共棲《きょうせい》することになった。私は実験用動物扱いされているようなものだ。裸電球の薄暗い光、コンクリートの壁のあちこちにロールシャッハテストめいた染み、隣りは霊安室だ。頭に電極が差し込まれていないだけましというわけか。ここには聖書が置いてある。地下にいるのは私だけだ。一人で死を見つめろというのか？

私は食事を運んで来た看護人にすがりついた。

「なぜ私を地下に移した？　息が詰まるんだ。元の病室に戻してくれ」

「上からの命令だ。ここは涼しくていいだろう」

「せめて病院の中だけは自由に歩かせろ」

「朝、体操をしているだろう。まあ我慢してくれ。入院志願者が増える一方なんでね。もう入院してることは自慢にならんぜ。全て宿命さ。宿命ってのは便利だな。こっちは努力しなくて済むからな。そうだろ、インテリの旦那」

アカヒトは高校を卒業すると、大人国の高級官僚養成学校であり、政治家や財界人の子弟ばかりがいる栄光大学の経済学部へすすんだ。もちろん、父上の地位と金権のアクロバットで侵入したのである。学部で彼は、当時まだ学問体系のなかった投機学と贈収賄論をかなり熱心に研究した。これは父上の庇護のもとにあった亜流経済学者が地下出版の形で世に出した「末期資本主義経済の〈神の恵み〉」という書物が教科書の役割を果している。アカヒトは著者から直接、講義を受けた。

大学時代に彼が熱中したもう一つのものは催眠術であった。彼自らが会得するのみならず、手下たちにも習得させ、催眠術部隊なるものを組織した。催眠術部隊はアカヒトの忠実な下僕を増やすのに活躍したし、彼の趣味を多様にするにも一役買った。

ある夏のことだった。アカヒトは催眠術部隊を引き連れて地方都市に出かけ、宴を催した。彼はこの地方に美人が多いことに気づき、しばらくの間滞在することにした。夜毎、月光を肌に塗り、闇で髪を染めた美女がアカヒトの寝室を訪れた。彼は美女たちの熟練した錬金術に初恋の時とは違った陶酔を味わった。しかし、何か物足りなかったので、そろそろ城に戻ろうかと考えていた時にふと頭の中に涼風が吹き込んだ。彼は側近を呼び、こういった。

「このあたり一帯にいる美人に催眠術をかけて、根こそぎ連れ去ってしまえ。そうすればこの地方をそっくり大人国の中心に持っていくことになるではないか」

早速、催眠術部隊は街に繰り出し、手当り次第に、小中学生であろうが、人妻であろうが催眠術にかけた。知的水準の低い者、都会への憧れを抱いている者は大抵かかった。

現代の〈ハーメルンの笛吹き男〉の一件でこの地方は一時パニック状態にあった。「美人の娘に親は泣く」とか「妻はおかめの方がいい」という諺はこの地方で生まれた。

アカヒトは父上にこっぴどく説教され、また精神病院に軟禁された。病室には手下が差し向けた黒髪、色白の美人が訪れた。アカヒトはその中で特に気に入った少女を歌手にしてやった。

アカヒトの謹慎期間は一ヵ月で終った。笛の音につられて家出した女たちは新たに催眠術をかけられ、都会のあちこちに、例えば工場とかカフェとかキャバレーとか娼館などに散っていった。彼にとっては「めでたしめでたし」なのであった。

大学を卒業すると、彼は一応、父上の目を誤魔化すためもあって、贈収賄論の亜流経済学者の研究所で助手を務めることにした。ここでの彼の仕事は賄賂を受け取ることだった。父上の権力を当て込んで、大企業は毎日のように城に足を運んでは門前払いを食っている。父上に自由に取り入ることのできる唯一の人物アカヒトはそこに目をつけたのである。彼はすばしこくかつ計画的に走り回って、建設会社や不動産会社がからむ国家事業の極秘情報を仕入れ、それが企業に流れるまでの時間を利用して、身動きもとれないほど私腹を肥やした。アカヒトはその金をもとにして、プロ野球や芸能界、セックス産業やレジャー産業をネタにした投機を大規模に行なった。彼の投機はことごとく成功した。例えば、彼は初恋の女マユミに似た女を車の窓から発見すると、それをアイドル歌手に仕立てた。彼女は異常なほどありふれたキャラクターによって、たちまち大スターに変身した。また、均一料金、性病感染の心配無用、客の理想に合った相手をデータ・バンクの中から呼び出して、すぐに供給できるシステムを備えた清潔な娼館を建てると客が行列をつくるようになった。おまけに娼館の名を冠したプロ野球チームが年間優勝をした。

　父上の時代には国民はマイホームを持つのが夢だったが、アカヒトが事業を始めると、たちまち大人国中が活気にあふれ、享楽に浴することができるようになったのだ。

　アカヒトは中学時代以来の習性で、いつも取巻き連中の担ぐ神輿《みこし》の上にいた。神輿の下にはいつのまにかピラミッドができていた。上の方には学校時代からの側近や芸のある者たち、下の方にはおこぼれに与《あずか》ろうとする無宿人がいた。アカヒトはプロ野球選手、作家、人気歌手や俳優たちに囲まれて、毎晩〈世界破滅前夜の宴〉を催した。彼はビールの噴水に胴上げされ、ウイスキーの霧の中で踊った。彼がアルコール中毒になるのにそれほど日数はかからなかった。

アカヒト二十五歳のバースデイ・パーティ、それはいつもの〈世界破滅前夜の宴〉だった。彼は停電したようにプッツリ意識を失なった。裸にした女優をテーブルの上に乗せ、彼が勃起した舌で、温かいクリームソースがたっぷりかかったピンクの生肉を賞味している最中のことである。彼はいつもの精神病院ではない病院に運ばれ、三日間停電したままだった。

彼が日常の舞台から消えて、取巻き連中は様々な反応をした。「これで自由になった」と狂喜乱舞して叫ぶ者、久しぶりの平穏無事な生活を天国的に味わう者……但しこれは少数だった。多くの連中はアカヒトが入院したために自分の生活を狂わしてしまった。アカヒトの入院が長引けば長引くほど、彼らの悪夢の恐慌も深みにはまっていくのだった。中にはアカヒトが再起するまで生活保護を受けて食いつなぐしかない者もいた。アカヒトはすでに発電所であった。彼が故障すれば、一せいに多くの人々の生活が停電してしまうのだった。

アカヒトの主治医のカルテには胃潰瘍、肝硬変症、高血圧、痔疾、淋病などの病名が記入された。いや、それは単なる病名を超えていた。つまり、大人国にとっては、アカヒトの存在そのものが血まみれの潰瘍であり、硬化した肝臓であり、こってりたまったコレステロールであり、小指大のいぼであり、淋菌なのだ。

アカヒトは憔悴し切った。極端な偏食で栄養失調、暴飲暴食で肥満という体はあっという間にかかしのようになってしまった。胃を一度ウイスキーに浸し、フォアグラとキャビアを詰め込んで……彼は自分の内臓を料理していたのである。乱暴な味付けをされた彼の内臓は高度の技術を持った医師たちの入念な細工によって、かろうじて腐り果てずに済んだのだ。

アカヒトは胃潰瘍と肝硬変症の手術の後、口がきけるようになると、執刀した医師たちに罵詈雑言《ばりぞうごん》に満ちた説教を垂れた。

「俺を死なすとどうなるか教えてやろう。おっかねえ天罰が下るのだ。おまえらは核弾頭の安全処理をしているつもりでいろ。俺を爆発させたら死ぬのはおまえらだけではないんだぞ。大人国の民衆もまた死んでしまうのだ。おまえらの責任は鉛の山より重いから覚悟しろ」

医師たちのうちの一人がいった。

「あなたが節制した生活をお送りになれば回復の見通しは明るいのですが……」

「俺の体は大人国の民衆のものでもあるのだ。俺をサイボーグにしてでも長生きのできる体にしろ」これは至上命令だった。

アカヒトは一年後、いくつかの人工器官を体内に埋め込んで退院した。あいにく、最も肝腎な脳の手術は行なわれなかった。あいつの思考回路をそっくりそのまま残したサイボーグをつくることこそ、最悪の犯罪ではないか。

アカヒトは人工器官が体に馴染むまで城で静養した。母親が運ぶスプーンでスープをすすり、医師団の指導により、分刻みのスケジュールでリハビリテーションを行なった。

「あなたは母の許に戻ってきたのです。わたくしはいかなる時もあなたを見守ってきたのですよ。父上があなたに厳罰を与えようとなさるのをなだめたのはわたくしなのですよ。でもね、わたくしの生んだ子が世界を混乱させているのを知ると本当に嬉しくなります。あなたの武勇談を聞くのがわたくしの唯一の楽しみなのですもの。ただわたくしももう年です。あなたが倒れてからわたくしは老け込んでしまったようです。父上の心臓もあまり芳《かんば》しくありません。もし、父上の身に何かあったら、わたしたちの生活は今までのようにはいかなくなってしまいます。アカヒトさん、どうか母を安心させて下さい。結婚をして、城で静かにお暮しなさい。万が一、あなたがわたくしに先立つようなことになったら……母はどうすればいいのでしょう」

アカヒトは父上の時代が幕を閉じようとしていることに気づいていた。父上の死後、自分は母と亡命生活を送らなければならないこと、亡命先では身の安全も確保できないことを知っていた。

彼は父上の影響力が残っているうちに外国の権力者たちに関係の糸を伸ばしておかなければならないと考えた。

アカヒトは父上に懇願して、モリ連邦共和国を牛耳る億万長者ピラトス家の五代目当主の末娘ヘケイトとの結婚を実現しようと企てた。父上はアカヒトの望みを叶えてやる最後の機会だと思い、便宜を図った。

ヘケイトは東洋の神秘主義者たちと交際し、呪術やタオイズムに熱中するドラッグ中毒のエピキュリアンで、乱行のあまりサイボーグになってしまった大人国のプリンスにはうってつけだった。アカヒトはわざわざ整形手術を受けて、ピラトス家を訪れた。彼は独自の愛の哲学をピラトス家の人々に講じた。

「愛とは権力なのです。全てを曖昧なまま受け容れてしまう空間《ゾーン》こそ愛の空間《ゾーン》なのです。異物を排除してしまうのではなく、異物を丸め込むことが必要です。大人国を愛の空間《ゾーン》にすることによって、統治するのがぼくの夢なのです。

現代人は皆愛に飢えています。誰しも自分だけが愛されたいと思っています。まるで自分が宇宙から落ちて来たか弱い宇宙人であるかのように地球人の愛に浴したいと勝手な願いをつのらせているのです。愛には様々な形があります。愛という名の暴力がはびこっています。誰もが自分勝手な愛のために他人と争っています。今ぼくたちが必要としているのは愛の大統一理論ではないでしょうか。誰しもが自らすすんで呑み込まれたくなるような超越的な愛の空間《ゾーン》をつくらなくてはならないのです。そのために是非ともピラトス家の御力を拝借したいのです」

アカヒトは愛と聖なるものへの憧れを幼年時代から抱き続けてきたことを信仰告白さながらに語った。ピラトス家の人々は彼を無垢な天使の如く思った。敬虔《けいけん》なカトリシズムとフリーメーソンの友愛精神を家訓にするピラトス家はミッキーマウスのような顔をしたメフィストに簡単に騙され、大人国統治への協力とヘケイトとの結婚を無条件に認めたのである。

ピラトス家はインヴェラリティ家とモリ連邦共和国の権力を二分する財閥で、大統領や国会議員の大半はいずれかの財閥の息がかかっているといわれていた。

ピラトス家は世界最大のレジャーランドの所有者であり、モリで開催されたオリンピックや首脳会談の演出者であった。また、ファーストフーズのチェーン店〈ピラトスピッツア〉を経営し、世界五十一ヵ国に及ぶ多国籍企業に育て上げた実績を持っていた。ピラトス家は独自の流通機構と情報ネットワークを世界に張りめぐらし、クーデタや戦争、火山爆発、航空機や原発の事故などの情報をマスコミより先にキャッチする機動力に富んでいた。ピラトス家はフリーメーソンやパレスチナ解放戦線、IRA、ヨーロッパのエコロジストたちなどに資金援助をし、国際政治というゲームのルールを調整していた。

アカヒトがピラトス家の流通機構と情報ネットワークを利用すれば、大人国の世論操作は容易だった。アカヒトの抜け目のなさは父上譲りの天性のものだ。

アカヒトはピラトス家の協力で愛の空間《ゾーン》を実現するために必要なブレーンを集めた。サイバネティックスの専門家、天才コンピュータープログラマー、SFXの技術者、人間の思考回路を変える麻薬を開発する化学者、遊園地のマシーンを作る技術者たちが大人国に派遣されることになった。

モリ連邦共和国で何週間か過したあと、アカヒトとヘケイトは新婚旅行に出かけることになった。もちろん、側近は随行したが、アカヒトの要請で催眠術部隊も、出動し、二人のまわりで不気味な影を落としていた。

諸外国を周遊し、各国の珍品・奇品を買い漁った。巨大な鉱山を有する国では一抱えほどのネフライトの原石、ムスリムの国ではモスク、仏教国では仏像の建造技術者たちを、南半球の国では南国果実の木を数万本、万国博覧会の会場に赴いては手当り次第に現代建築の建物を買った。

また、多くの外国人も大人国に連れ帰った。

彼はかの同盟国でビル壊し屋の仕事を見学して、いたく感動した。爆音とともに高層ビルが自分の体重を支えきれずに尻餅をつき、己の最後を見られまいとあたり一面をチリの洪水で埋めつくす様子に、彼は叫び声をあげ、興奮のあまりその場に卒倒したほどだった。このビル壊し屋の技術者にアカヒトは惚れ込んで、破格のギャラを提示して大人国に連れ帰った。

催眠術部隊は各国の催眠術師に外国語による術のかけ方を学び、アカヒトの命令を遂行した。彼の命令は――

「賃金が安くて済むような肉体労働者を大勢集めて船に乗せろ。大人国に出稼ぎに行かせるのだ」

あるいはこうもいった。

「美女を集めろ。なるべく若い娘がいい。大人国の生活に慣れる頃、ちょうど食べ頃になるような奴をな。場合によっては家族もろとも連れ帰ればいい」

アカヒトの新婚旅行は大人国全体を遊園地に変えてしまうための準備だった。この年の大人国の貿易収支は十年ぶりに赤字になったのだった。

アカヒトが膨大な土産物とともに帰国した時、大人国では学生やサラリーマン、下層労働者たちの反乱が起きていた。不況が永らく続いていたため政府が最低賃金を引下げ、各企業が人員整理を敢行し、銀行は利子を下げ、いくつかの大学が閉鎖され、落第学生の間引き、浪人の受験資格剥奪が強行されたからであった。

国会の周囲をヘルメットと鉄パイプで武装したデモ隊が取り囲み、大学では教室に立て籠った学生と機動隊が睨《にら》み合っていた。下層労働者たちは路上に坐り込んで、交通機関を遮断し、「メシ食わせ」としわがれ声のシュプレヒコールを行なっていた。

この騒ぎを尚一層煽《あお》り立てていたのは、三年の間全くいい目に合わなかったアカヒト傘下の底辺部の連中だった。彼らはこうした騒動を派手に盛り上げるのが商売だったようなものなので、反乱の規模は否応なく膨んでいった。都心部のターミナル駅は彼らによって占拠され、交通は一時的に全面ストップとなった。

夜、闇にまぎれた飛行船形の空中楼閣の上からその光景を眺めて、アカヒトは大活劇を見るように楽しんだり、自分がこの騒動の立役者でないことに腹を立てたりした。

城に戻ったアカヒトは父上と会った。かつての〈全てお見通し装置〉の面影はなく、その意に背くものに苦悩していた。彼の意志は年をとる毎に強靭になっていったが、思考力と肉体の衰えは隠せず、いたずらに意固地になるだけだった。しばしば死の予感が父上の胸を締めつけた。その竜巻きめいた発作はニトログリセリンの舌下錠を主食を摂るように服用しなければ収まらなかった。

「父上、この反乱をどう鎮《しず》めるつもり？」とアカヒトはベッドに横たわる父上にたずねたが、父上は何も答えなかった。もはや、自分の死を見つめることで精一杯だったのだ。

「俺なら万事うまくやれると思うがね」

「大人国がどうなっても、もうわしは知らん」と父上はいった。

「アカヒト帰還」の噂を耳にした、アカヒトピラミッドの中ほどにいる大学時代の手下は彼に切々と訴えた。

「私はアカヒトさまが不在だった三年間というもの、大人国中を逃げ回っていました。逃亡生活はつらいもので、アカヒトさまが入院なさるまでの乱行のツケが一度に請求されたようなものでした。同じ場所に一ヵ月いられれば、ましな方です。ひどい時には、その町に着いた翌日に借金取りや私たちに怨みのある連中や国際警察までやって来るという始末です。国際警察は大人国の謎《なぞ》に満ちた一連の事件に私たちがからんでいると睨んでいるのです。先進国十ヵ国で構成された国際調査団は二年前から極秘調査を始めています。この大規模な反乱にしても、表向きには反政府暴動ですが、裏ではあなたの父君、父上への反抗という形になっているのです。この反乱は政治家たちが仕組んだ茶番なのです。このままでは一部の政治家の手に大人国の未来が握られてしまいます。今までは父上とアカヒトさまのおかげで社会の平等と秩序が維持できたのです。何とかして下さい。アカヒトさま」

アカヒトは笑いで頬を膨ませてうなずいた。

「俺は大人国をつくり替えることを考えていたのだ。もう父上の時代は終りだ。俺が新しい父上になるのだ」


アカヒトは空中楼閣に乗り込み、雇われ反乱者たちの頭上に現れた。

「おーい、君たち聞いてくれ。ぼくはαサルトリヌス星からやってきた君たちの宇宙の友達なんだよ」

下界では「UFOだ」という叫び声がこだました。

「心配はしなくていい。ぼくは君たちの頼もしい味方だ。君たちの国は一部のバカな政治家の気まぐれで混乱しているだけなんだ。ぼくのいうことを聞いてくれたら、君たちの生活を保障してやるよ」全ての反乱者たちはその声に耳を澄ました。

「これからぼくの偉大な力を君たちに見せてやろう。西の方角を見て。そこに立っている高いビルを一瞬にして瓦礫《がれき》の山に変えてみせよう。近くにいる人は避難してね」

ビルは壊し屋の仕掛けで瀑布《ばくふ》が落ちるように崩れた。群衆は啞然とし、我目を疑った。SF映画が現実と混じり合った恐怖にへたり込んでしまう者もいた。パニックを避けるためにアカヒトピラミッドの連中、とりわけ催眠術部隊が活躍した。

「ぼくの命令に従え。皆、めいめいの家に帰れ。全てを平常に戻し、一週間待て。命令に背く者には天罰が下ろう。もう一度、繰り返すがぼくはαサルトリヌス星から大人国をユートピアに変えるためにやってきたのだ」

群衆はアカヒトのこけおどしを政府の工作だとして警戒したが、駅周辺の群集を包囲した機動隊の上に水分をたっぷりふくんだ泥が振り撒かれるのを目撃すると、険悪な雰囲気が一気に蒸発し、お祭り気分に変わった。

催眠術部隊は群衆と機動隊の間で泥んこ遊びを始め、呆気にとられている連中を巻き込んだ。機動隊員はヤケになって、楯で泥をすくってあたり構わず撒き散らした。スーツを泥だらけにしたサラリーマンやＯＬもたちまち童心に帰り、泥をよけて通ろうとする人々に抱きついたり、タックルを仕掛けたりした。

やがて、消防署から放水車がやってきて、泥まみれのおよそ五千人の人々と駅前広場を水で洗い流すのだった。全身から水を滴らせる群衆と機動隊員たちはこのナンセンスをどう理解したらいいのかわからず、お互いの顔を見合わせて笑うことしかできなかった。

それ以後、巷には流言飛語の嵐が吹き荒れた。マスコミによる取材合戦はエスカレートし、テレビも新聞も雑誌も〈宇宙人とのコンタクト〉を特集に組み、ＵＦＯの目撃者や占い師、ＳＦ作家、物理学者、政府関係者、哲学者、小中学生に至るまであらゆる人々が勝手な見解を述べた。

「宇宙人は地球人の形と声を借りて、我々の意識の土台を変える時を待っていたのだ」とSF作家がいえば、

「私は何か巨大な存在に観察されているように感じました。ビルが破壊されたり、泥が空から降ってきた時、何処《どこ》か別世界に瞬間移動させられたのかと思いました。私は泥の雨を浴びて心に抱えていたモヤモヤが晴れる思いがしました。神が私たち人間を見守っているのだと確かに感じたのです」と目撃者が受ける。政府関係者は、

「もし宇宙人がコンタクトを求めてきたのなら、早急に政府としても対処をしなければならないでしょう。危害を加えてくることは充分予想されますから、自衛軍に警戒を怠らないよう通達しています。国民の皆さんは落ち着いて、いつものようにお過し下さい」と発表した。社会学者は大袈裟なお祭り騒ぎに対して次のようにコメントした。

「最近の若者たちの間にはオカルト的、SF的な終末観が蔓延している。UFOや超能力、を研究するサークルが大学や高校を中心に増えているという。科学的根拠のないものを拠りどころにする孤独な青少年たちはテレビやビデオを通して閉鎖的な趣味に沈潜していたのだが、あの事件以後、オカルト趣味は明らかにオカルト信仰へと発展し、友人や家族を巻き込んで、組織的な行動を起こすようになった。あの事件が今後、社会に及ぼす影響は全く予想できない」

アカヒトはあの余興が大人国を狂躁へ走らせたことに大喜びし、ピラトス家の情報ネットワークや流通機構をフルに利用して、大人国中にナンセンスゾーンをつくり出した。

彼は郊外の広大な敷地に世界中のあらゆる建築様式を取り入れた寺院を建設するよう命じた。そしてこういった。

「ここは大人国の聖地となろう。宇宙人の考えることはわからんと人に思わせるような建物にしろ。この寺院を中心にしてあちこちにナンセンスゾーンを増やすのだ」

彼は国民意識の混乱をセックスのオルガスムで中和するために娼館を増やすことを命じた。外国から連れて来たとびきりの美人を安く抱かせてやれるように配慮せよと。また、女のための娼館をつくることも指令した。やがて、そこはフリーセックスの拠点となるだろうと。アカヒトは娼婦（夫）を無料で抱けるクーポン券もばら撒いた。

破格の賞金をつけて、宝くじを売り出すことも命じた。一等は市民に与えてはならない。必ずアカヒトピラミッドの連中に当るようにせよと。我々にお金はいくらあっても足りないのだと。

催眠術を取り入れたSFスペクタクル映画を製作するよう命令した。ストーリーは混乱した地球に秩序をもたらすため、宇宙の彼方から宇宙船に乗ってやってきた男が、諸々の障害を克服し、遂に地球を楽園に変えるというものにせよ。それは同時に大人国が変貌するプロセスを記録するものでなければならない。映画のタイトルは『創造の七日間』。その映画に取り入れられた催眠術は見る者の原始の記憶を呼び覚ます。そして幼児退行を起こした観客に暴力に屈従しながら法悦にひたる人間の姿や誰も目にしたことのない無限を感じさせるSFXの映像を見せて、幼児体験や宗教体験にも匹敵する強烈な印象を与えるように作られていた。もちろん、映像だけではなく、母親の子宮にいた頃の音やリズムを憶い出させる音楽をヘッドフォンとサラウンドスピーカーによって包まれた耳に流し込み、自白強要剤のペンタトールと同じ効果のあるガスを吸わせ、観客を半意識状態にした。

観客のうち半数は、αサルトリヌス星からやってきた超知性宇宙人によって大人国の歴史が変わるという意識を植えつけられた。

アカヒトは自らをモデルにしたαサルトリヌス星人のキャラクター商品を市場に出回らせるよう指示した。ぬいぐるみやペンダントはもちろん、コンピューターゲームや帽子、下着にコンドーム、チョコレートや殺虫剤に至るまで、アカヒトが顔を出した。

宇宙人の到来を信じない人の方が数の上では圧倒的に多かったのは事実だ。しかし、アカヒトの機動力の前ではいかなる論理も政治力も大人しい羊に過ぎなかった。テクノロジーの応用の仕方においては、誰しも脱帽せざるを得なかった。アカヒトは巨大な情報システムと合体し、大人国中のあらゆる意識を呑み込み、ごちゃまぜにしながら、愛の空間《ゾーン》というブラックホールに統合してしまうのだ。

そのブラックホールを形成する一個の細胞に甘んじることのできない私のような人間は精神病院に避難するしかないのである。

新しい大人国の制度の幕開けの儀式として、空中楼閣の上から隕石を落とした。このネフライトの隕石にはこうしるされていた。

「大人国の暗黒時代、ここに眠る」と。

こうして、わずか七日間で大人国の新時代の礎《いしずえ》はできたのであった。

大人国の景気は駆け上っていった。寺院に献金にやって来る企業は後を絶たなかった。過疎の村では新しい町の建設が始まり、郊外の丘陵は切り開かれ、新しい都市が出現することになった。

大人国の政府は表向きは以前と変わらなかったが、行政の手が及ばない場所は次第に増えていった。アカヒトが建設に関与した都市は殆ど遊園地そのものだった。郊外に元からあった遊園地は柵を取り払われ、近くの住宅地を巻き込みながら増殖してゆき、遊園地がないベッドタウンにはジェットコースターや観覧車、ゴンドラが通る水路などがつくられた。町がひとたび遊園地としての機能を持つと、住民の性格も子供っぽくなるのだった。アカヒトの手にかかると、誰もが幼児の野性に目覚め、簡単に理性も教養も脱ぎ捨ててしまうのだ。そして幼児の無責任さを身につけた大人たちはその守護神であるアカヒトに忠誠をつくすことになるのだった。

遊園地都市の電柱にはミッキーマウスばりに漫画化されたアカヒトのポスターが張られ、移動式のジャンボスクリーンをあちこちに出張させては、幻覚作用のある映画『創造の七日間』を上映した。

各地で自分たちの住む町を遊園地都市に変えようという市民運動が起きた。一方、遊園地都市の性格もさまざまで、文化人や芸能人が多く集まる高級遊園地都市にはあちこちから観光客やスター志願者たちが押し寄せ、SMクラブや女装バーが軒をつらねた遊園地都市には学者や政治家が多数住んでいた。また、各地に外国の都市の一部をそっくりそのまま模倣した遊園地都市が建設された。ニューヨークのソーホー地区を模倣した場所には建築家や彫刻家、画家が集まり、遊園地都市の設計にあたっていた。ダブリンを真似たアイリッシュタウンにはアル中とテロリストが集まり、バルセロナタウンは、ホモ・セクシュアル（エイズ患者はここでこの世最後の春を楽しんだ）の解放区。このほかにも小バンコクや小ベナレスがいい加減な思いつきで建設された。旧満州の大連そっくりの遊園地都市も現れ、そこでは年輩の外地出身者たちが回顧にふけるのだった。アカヒトが大人国に受け容れた移民労働者たちはそれぞれ故国の模擬都市に住み、地方自治にも参加していた。

大人国では毎日十棟の割り合いでビジネスホテルが建設された。遊園地都市には定住民がわずかしかおらず、彼らの新陳代謝も激しかった。

父上は死に際にアカヒトにこういった。

「この国はもうおまえのものだ。どうしようとおまえの勝手にするがよい」

「父上は死んでしまうんだね」とアカヒトは笑顔でいった。

「もうおまえを精神病院にいれる者はいない。政府はおまえを必要としている。時代は変わった。わしの手ではもうこれ以上、歴史を調整していくことはできない」

アカヒトが手下に合図をすると、『創造の七日間』の記録フィルムが回された。父上は涙を流し、新時代の幕開けに立ち会えたことを喜んだ。

「どんな国になろうとも、母親を大事にするようにな。……わしは母なる子宮へと帰る……」

これが父上の遺言だった。死の瞬間にあらゆる権力や資産を捨て、一匹の精子となった父上は初めて安息を手にすることができたのであった。父上の死は大人国の失神を意味した。政府は政治的混乱を避けるため、父上の死を三日間秘密にし、事後処理を急いだ。もはや、次代の闇の帝王がアカヒトであることに誰も異を唱えなかった。

アカヒトは自由に政府を操る糸を遺産として受け継いだのだ。アカヒトは父上の葬儀の喪主と葬儀委員長を兼ね、大人国のかつての主の死を壮大にグロテスクに演出し、国民の前に権力を誇示することになった。

葬儀は三日間にわたって、大人国中を嵐の如く吹き荒れた。冷凍された父上の遺骸は馬車に乗せられ、国の内外の要人が見守る中をゆっくりと行進した。死体の入ったガラスケースに寄り添い、馬車の上で仁王立ちするアカヒトの姿はテレビを通じて、全世界に放映された。父上の葬儀はアカヒトの政治ショウでもあったのだ。大人国の変貌を世界に知らしめるための演出が巧みに施された。

アカヒトは世界各国のプレスを招き、全国ネットワークのテレビに出演し、大人国の未来について語った。

「失業者、難民よ来《きた》れ、大人国の新時代をともに築こう！　ここには地球人の偏狭な意識を越えた超知性が統合する愛の空間《ゾーン》が誕生しつつあるのだ。芸術家、研究家の諸君、大いに腕をふるいたまえ！　大人国は援助を惜しまない。今こそ、大人国を夢想者や倒錯者、迫害されるあらゆる人間に開放しよう！」

かくて、大人国そのものが発狂してゆくのであった。全国各地に狂気の祭りが波及した。バキュームカー数千台が一つの町に集結し、糞尿の洪水が通りや人家を襲う〈クソミソ〉の祭り。住民全員がヌードになり、乱交を行なう性の宴。美しい死を願う人々が集まり、様々な死に方を披露し合う自殺ショウ。良識ある人々が同志を募って、苦情をいい合う道徳の祭りなどというものもあった。これらは全て、アカヒトピラミッドの連中が裏で組織しているのだった。

大人国の国民たちは折あるごとに叫んだ。

「偉大なるアカヒト万歳！」

序章はこれで終りである。私は精神病院に隔離された者としての屈折した選民意識と致命的な諦観をエネルギーに変換して、ここまで書いた。

睡魔、そして悪夢との戦いだった。病室では睡眠が主な労働なのだ。その労働の中でも特につらいのは悪夢にうなされる時だ。私はアカヒトの命令で泥水の中を泳ぎ回ったり、公衆の面前で裸になり、おしめを取り換えられたりする夢を見る。一連の夢はどれも、私に幼児退行を強いるレッスンなのである。あの薬の作用だ。

ここに閉じ籠る前、私は思想、文学関係のコラムニストだった。主に雑誌や新聞に社会現象の解説や現代文化の批評を書いていた。大人国の上空に空中楼閣が現れ、自由都市の建設が始まった頃、私は自分が編集していた雑誌に「幼児退行の季節」と題する論文を発表した。内容は大体以下の通りである。

「市民に幼児退行をうながす社会はアリスが迷い込んだ楽しい不思議の国の顔をしてやって来る。誰にでもわかる易しい言葉と興奮を呼ぶ見世物を持ってやって来る。ユートピアほど恐しいものはない。警察が案内人を務める遊園地。洗脳者がだまし絵になって隠れている見世物。これがアカヒトが持って来た地獄のユートピアだ」

私は自分が気づかぬうちに着々と幼児性を獲得しつつあった。理性を守るために精神病院に避難した私は、実は最も無力な存在としてアカヒトに庇護されていたことになるのだから。

ところで、私は腹が減った。きょうは看護人が一度も食事を運んで来ない。一体どういうわけなのだ。私の唯一の楽しみを奪うとはもってのほかだ。

「おーい、めしだめしだ」私は叫びながら鉄の扉をたたいた。……返事はない。その時、ドーンという音とともに私は床に放り出された。部屋の壁が拳大の破片になって剝《は》げ落ちた。その破片に頭を直撃され、私は気を失なった。

どのくらい私の意識が停電していたのか知る由はなかった。頭に手を当ててみて、少し出血しているのがわかった。血がまだ糊状だったのでそれほど時間は経っていないだろう。脳振盪《のうしんとう》でも起こしたに違いない。

何かが爆発したのだろうか？ いや、そんなことよりここを出ることを考えなくてはならない。私は扉を蹴ってみた。全く意外なことにたやすく開いた。廊下にも部屋にも光がなく、真暗だった。もちろん、何処に何があるかわからなかった。私は廊下を壁づたいに歩き、階段を探した。一歩を踏み出す前にあたりを足で探った。死体を踏むことを心なしか恐れていた。

階段を見つけると少し安心した。ほんの一筋、光が差していたのだ。階段には瓦礫が無数に敷きつめられていた。一段上るごとに光の量は増した。けれども、階段は途中から険しいガレ場に変わり、地上に出るには瓦礫を取り除かなければならなかった。これには時間がかかった。地獄の石積みを思わせるほど埒《らち》があかない仕事だった。瓦礫を一つのければ、二つ転がり込んでくる始末だった。空腹の身には応えた。やがて、隙間から差す光が消えたので、夜になったのだと予想がついた。私は乾きと空腹と暗闇の恐怖から逃れるために住み慣れた病室に戻って眠った。

眠りから目覚めた時、私はふとあることに気づいた。それは……核戦争が起こったのではないかということだった。どういう経緯から大人国に原爆が落とされるのかはわからないが、アカヒトが外国政府をも愛の空間《ゾーン》とやらに吸収しようと、侵略戦争に打って出るというのは充分考えられることである。私はしばらくこのコンクリートでおおわれた地下室に閉じ籠っていた方がいいのかもしれない。しかし、餓えて死ぬか、被爆して死ぬかの選択には全く魅力がなかった。いずれにせよ、私は光を見たかった。その時、階段の方から瓦礫が崩れる音がした。そして、聞き違いかもしれないが、人の声がした。私はベッドの間に隠しておいた原稿をポケットに押し込み、例によって壁づたいに階段の方へ歩いて行った。きのうより光の量が増しており……しかも、人の話し声がかすかに聞こえる。私は何か食べる物がもらえるかも知れないという期待に大声で叫んだ。

「助けてくれ！」

どうやら、声は届いたらしい。上の方で何か早口で話し合っている。やがて、ブルドーザーを思わせるエンジン音が聞こえた。瓦礫が地下に流れ込んでくる。そして、まぶしい光が容赦なくもぐらになった私にふり注いだ。上の方で私を見つけたらしく、誰かが叫んでいた。……聞き慣れぬ言葉だった。大人国の言葉でないことだけはわかった。

目が光に慣れた頃、私は地上に脱出することができた。私を取り囲んだのは軍服姿の外国人たちだった。私は敵意のないことを示すために両手を頭の上に乗せた。彼らは大人国に侵攻してきた外国の軍隊であるようだった。私は兵士二人に両脇を支えられ、ジープに乗せられた。あたりは一面、瓦礫の王国だった。少なくとも核攻撃がなされた形跡はなかった。ジープが走り出す前に私は大人国の言葉を聞いた。言葉の主は将校の恰好をした大人国人だった。これは一体どういうことだろう?

「君は一体何者だ?　何処から迷い込んだ?」と彼は私にたずねた。

「私はこの精神病院に入院していた患者だ」と私は答えた。

「おかしいな。この病院の患者も医者も新しく完成した病院に全員移ったはずだぞ。君はここに残っていたのかね?」

「そうだ。地下の病室にいた」

「地下にいたから助かったのだな。きっと何か手違いがあって君だけ取り残されてしまったのだろう」

「今度はこっちが聞きたい。大人国は戦争をしているのか？」

「何をいってる。きょうは聖アカヒトのハレの日だ」

　私は聞き慣れぬ言葉に首をひねった。

「それは何です？」

「知らないのか？　年に一回、国民はこれまでの蓄えを全て遊びに消費しなければならないことになっているのだ。我々は外国人を雇って、この付近を金で借りて、戦争ごっこをしている」

「なぜそんなことをするんだ？」

「君は原則的なことを聞くな。富は消費するものだ。聖アカヒトの経済政策は一度回転を始めたら、こうして遊びにでも蕩尽《とうじん》しなければ破滅してしまうのさ。我々も年に一回でもこんな遊びをしなければ、金が余って仕方がない」似非《えせ》将校は脂ぎった顔を上に向けてゲタゲタ笑った。

「私をジープに乗せて何処に連れて行く？」

「何処へなりと。君は精神病院の患者だが、死に損ないの身だ。何処へ行こうが、君の勝手だ」

「一つ頼みがある。何か飲むものと食べるものをくれないか」

「よかろう。ついでに着替えといくらかの金をやろう。怪我をしているようだな。手当もしてやる。そのまま我軍の基地へ行くといい」

私が似非将校にお礼をいうと、ジープは走り出した。


ともかく、私は自由の身になった。

私は一週間、さまよい続けた。私が精神病院で過していた半年間に大人国は急速に変身していた。かつてオフィス街があった場所は瓦礫の野原に変わっており、粗末な服を着た人々がバラックに住み、薪を焚いて炊事をしていた。彼らは瓦礫の中から再利用できるものを拾い集めて売り、生活の糧を得ていた。彼らの多くは外国からの移民だった。廃墟はいくつかの区画に分れており、共同体の縄張りになっていた。

また、かつて高級住宅街であった場所は娼館が無数に連なる洗練されたセックスタウンになっていた。ここには老婆や子供までが性の快楽を求めてやって来るのであった。娼館は病院に代わって老人たちのコミュニケーションの場になっており、同時に子供たちの遊び場でもあった。

不夜城と呼ばれていた繁華街のあったところは現在もそのままの状態で残っていたが、

中味は奇妙なことに幼稚園や小学校なのであった。

私は電車に乗って田舎へも出かけた。電車の様子も以前とは全く違っていた。乗客の服装も人種も言葉も多彩で、ここは民間の国際会議の会場かと思わせた。都心から離れるにつれて乗客が増え、農村を走る列車が満員になった。通勤ラッシュが農村で起こっていたのだ。乗客の大半は田園の中に散って行き、おのおのの仕事をするのだった。

私は田園の真中に巨大な穴が掘られているのを見た。それは石炭か何かの露天掘りを思わせたが、穴を掘る人夫にたずねると、人工的にクレーターをつくっているのだという。何のためにこんな穴を掘るのかたずねると、「これは彫刻の作品なのだ」という答えが返ってきた。その種の巨大な〈芸術〉は農村の各地にあった。田畑を数ヘクタールもの広さにわたってアスファルトでおおった場所を見たが、これは〈何もない空間〉という作品だそうだ。サラリーマンのような連中は皆、こうした無意味な〈芸術〉づくりに精を出しているのであった。

新聞は写真や漫画ばかりで、以前のものと比べると活字は三分の一に減っていた。記事の殆どは、どこそこで何とかという〈芸術〉ができたとか、廃墟生活者のレポートとか、アカヒトの演説の全文といったものだった。どの新聞もテレビもアカヒトの偉大さを饒舌に宣伝していた。

聖アカヒトは疾走する！

急速に成長する愛の空間《ゾーン》

大人国は聖なる革命から一年が経過したが、暗黒時代の旧弊は日々刷新されつづけている。声高に「ファシズムの到来だ」などと叫ぶ旧民主主義者たちもなりを潜め、この平和で陽気な新大人国の建設に参加している。聖アカヒトは空中楼閣に乗って、各地を訪問している。時々、地上に降りて、市民と直接温かい交流を持っている……。といった調子である。私は当の旧民主主義者ということになるのだろう。

私は移民労働者の仲間に忍び込み、廃品拾いで当座の生活はしのぐことにした。私は気分の上では流亡の民だ。大人国人としての私はもはや何処にもいないはずであった。死亡届が出されていてもおかしくない。私は自分の過去を書き換えて移民労働者になり変わった。幸い、出入国の管理は甘く、容易に異国人になり変わることができた。

私はある政情不安定な国から貨物船に乗って大人国にやって来た若い女と懇意になり、彼女のバラックに同居させてもらった。そして、定石通りに愛し合うようになった。彼女は私のためにスタミナのつく辛いスープをつくってくれた。言葉は互いに通じなかったが、笑顔一つで何種類もの会話ができた。彼女は心なしか私の初恋の人に似ており、十代の頃を憶い出したりした。

廃品拾いは農作業に似ていた。私たちは声を掛け合いながら、西瓜《すいか》を収穫するように瓦礫の中をあさった。コンクリートの破片の中からは様々なものが出た。どこも壊れていない自転車を発見した時は二人で抱き合って喜んだ。私は何度かブローチやネックレスを拾ったが、ある時ダイヤモンドの指輪を発見したことがあった。それが彼女の指にピッタリで、これが事実上の結婚の申し込みになった。

共同体の人々は私たちを祝福してくれた。瓦礫の中から各人が掘り出した〈戦利品〉を贈ってくれた。ブロンズの母子像、ソーラーパワーのコンピューター、トランペットなどが婚礼の席に積まれた。

私はそれこそゴミ捨て場で幸福を拾った。全てがママゴトのように進行する生活に八割方満足していた。しかし、あとの二割は屈折した自尊心に占められ、こんな廃品回収業はいつまでも続けていられないと思っていた。私の下半身は幸福であったが、上半身にはアメーバ状の不満がうごめいていた。私はアカヒトと対等の位置にあるのではなかったか、と。アカヒトは大人国を祭りの狂気によって滅亡させようとしている悪魔だ。そして私はアカヒトの魔力を無化する天使でなければならない。こんな使命感が私につきまとっていた。おそらく、「いつかこの手でアカヒトを……」という空しい復讐心が私の生きる希望の源泉だった。

私はいつものように朝食の粥を食べてから、妻と仕事に出かけた。秋晴れの高い空には白い落書きが一つもなかった。その日最初の収穫は百科事典のセットで、二人でページを繰り、カラーの図版に見入っていた。その時、上空から奇怪な叫び声が聞こえてきた。「ハイヤートラッタッタ」という騎兵隊の空元気を思わせる叫びの主は……アカヒトであった。アカヒトが空中楼閣に乗ってやって来たのだ。廃品拾いをしていた連中は皆、上空を仰ぎ、さかんに手を振っていた。妻も「アカヒト、アカヒト」と叫びながら両手を掲げていた。

空中楼閣は私たちの上空を旋回した。私も必死に手を振った。「アカヒトよ、降りて来い」と強く念じた。すると、アカヒトの声が一帯に響きわたった。

「大人国の民衆たちよ！　これから着陸するぞ」

私は全身にサロメチールを塗られたように興奮し、百科事典を放り出した。腕やひざが小刻みに震えた。私は妻の手を取り、空中楼閣が着陸しようとしている場所に向って走った。頭は上気し、思考不能の状態だった。アカヒトの幻影とともにあった私の人生の様々な場面がコマ落しで脳裏のスクリーンに映しだされていた。悪童アカヒトを地面に這いつくばらせた十二歳の私の姿がぼんやりと見えた。そして、母親に甘えるアカヒト、聖者の修業をするアカヒト、歯を剝き出して狂犬病の犬の如く笑うアカヒトなど私の心の中のあいつがスクリーンを突走った。

私は無意識に立ち止まり、コンクリートの破片を拾ってポケットに入れた。私は一個の焼石になって「アカヒトめ、アカヒトめ」と呟《つぶや》いていた。

アカヒトは護衛に守られて、のっぺりとした一枚岩の上に立っていた。すでにまわりには数百人の人垣があった。私は人垣に分け入り、アカヒトに近づいた。アカヒトに近づけば、怨念が晴らせるかのように……。アカヒトの声が聞こえた。

「やがてこの廃墟にはスッバラシイ都市ができるであろう。おまえたちが自らの手で愛の空間《ゾーン》を建設するのだ」

聴衆は歓声をあげた。涙を流している者がいた。両手を合わせて祈る者がいた。こんな単純な言葉に……。私は一人冷静だった……いや、それは嘘だ。私がこの聴衆の中では最も興奮し、緊張していたかもしれない。ようやく最前列に辿り着いた時は額と腋の下が冷たい汗の洪水に見舞われていた。

私からわずか五メートルの所にアカヒトが立っている。私がこしらえた架空の物語の中で何度も殺したアカヒト、より強固な理性に私を導いたエントロピー人間……そして、彼は私の自殺衝動をきょうまで制止し続けてきた友人……そう、私はこの男を殺してからでなければ死ねないのだ。

私は本能的にポケットに入れたコンクリートの破片を握った。こいつをアカヒトの頭めがけて……

アカヒトの演説はもう耳にはただの雑音にしか聞こえなかった。私はアカヒトの目に自分の視線を射続けていた。私の存在に気づくのがアカヒトの義務だ、と。かつておまえを制裁した男がここにいる、と。しかし、アカヒトは私の顔を見ようとはしなかった。聴衆の歓呼に片方の掌を見せて答えるだけだった。彼の目は風景の裏側を見ているようだった。あれは錯乱者の目だと直感した。

「アカヒト！ アカヒト！」という私の妻の声がした。アカヒトはほんの一瞬、人垣の後ろの方に目をやった。私は母親の愛情をいけすかないクラスメートに奪われた少年のように嫉妬した。妻への憎悪が顔面の痙攣になって現れた。こっちを向いてくれ、アカヒト……私は苛立ち、アカヒトに飛びつく衝動にかられた。その場には私とアカヒトしかいなかった。彼は私のアカヒトなのであった。

私は発作的にポケットからコンクリートの破片を取り出し、頭上に振りかざした。アカヒトの護衛たちが私に向って突進してきた。群衆は呆気にとられて叫び声一つあげなかった。私は心臓大の破片——いやこれは私の心臓そのものだ——を……アカヒトには投げず、自分の頭に力一杯打ちつけた。私はひざから下をもぎ取られたようにその場に倒れた。

　気がつくと私は揺り籠の中にいた。純白のドレスを着た王妃のような私の妻が枕許で私を見ていた。その隣りには何と……アカヒトの姿があった。

「マンママンマ……」私は何かいおうとするのだが、言葉にならなかった。

「ああ、よしよしお腹が空いたのかい」私の目の前のアカヒトがいった。これは一体どういうことだ。私は乳児になっているのか？　どうやら私は空中楼閣の中にいるようである。エンジンの振動が腰のあたりに伝わってくるのだ。

「マンマア……」私の言語中枢からの信号は舌に届かない。

　私はミルクを飲まされた。妻は私のおむつを取り換えようとしていた。私の股間には一本も陰毛がないばかりか、小指大の白いおちんちんがついているだけだった。私はこれが夢か現《うつつ》かを問うこともできず、ただ呻《うめ》くことしかできなかった。私は何をされたのだ。まさか、私の頭が乳児の胴体にすげ変えられたのでは……一体どうしたっていうんだ。妻は指で私の無力なおちんちんを弾いた。私は痛痒感とともに全身が無重力の空間をただよう快感で満たされていくのを感じた。

# ある解剖学者の話

## 解剖学者の休日

果して、何も考えていないという思考の空白状態はつくれるものだろうか？　厳密にいえば、それは脳死でもしない限り不可能だ。現に私は今、何も考えまいとしているのに様々な雑念が脳の中をうろついている。

自分が今何を考えているのかを考えることは脳が脳のことを考えることで、自分の尻尾を呑み込む蛇になり、呑み込んだ尻尾を肛門から出してなお自分の異常に気づかないでいるようなものだ。ただ、確かなのは、私が自分の尻尾を呑み込んでも、死なないということだ。私は、というより人間はこうしたパラドックスに無頓着なのだろうか？　それともパラドックスそのものなのか……。

きょうは日曜日だ。休日はいつも町を散歩することにしている。私が住んでいる町は昔からの商業地だが、最近では高層マンションが何棟も建つベッドタウンとして有名だ。私は最近、この町が人間より知能の高い巨大生物であるという『惑星ソラリス』の設定に似た夢を見た。私は三年前、この町に越して来て、地上九階の箱の中で、妻、中学三年の長女ゆか、五歳の長男バルダとともに暮している。私は家族とともにこの町を形成する細胞であるというわけだ。

バルダは私の研究の助手のチンパンジーである。霊長類学や動物行動学の実例を毎日見せてくれる優秀な子だ。少年時代にしつけを厳しく施したので、行儀はいい。家族の一員としてよく馴染んでいる。時々、散歩にも連れて行ってやるが、きょうは留守番だ。私の散歩は長時間に及ぶ。これまでの記録では九時間というのが最高である。距離にして、三十キロは歩いたと思う。

きょう、私は午前十時に起床し、煙草を一服。新聞を隅から隅まで目を通す。家には私とバルダしかいなかった。バルダは惰眠を貪《むさぼ》っている。あいつはいつからか昼寝を覚えた。娘は朝早くからボーイフレンドと映画を見に行った。妻は日曜には油絵教室に出かける。部屋の壁は、作者の意志に反してデフォルメされてしまった静物画に占拠されつつある。私は白いキャンバスを掛けて欲しいのだが。

散歩といえば、カントを憶い出す。私は彼ほど几帳面ではないが、彼と同じくらい散歩中毒だ。私は散歩をしないカントについて思いを巡らす。彼はいつも煙草をプカプカふかし、誰彼となく八つ当りし、凡庸な大学教授として一生を終るか、でなければ、我説に偏執狂的にこだわり、遂には発狂していただろう。私はつくづく思う。散歩は発狂の予防接種のようなものだと。

散歩は読書に似ている。もちろん、私は散歩に劣らず読書を愛している。本のページを繰るように街を歩く。読書と散歩はどちらも自分ではものを考えずに済むところが私には有難いのである。

私は駅の裏側にあるアーケード街を歩く。ここは少年時代の私の遊び場であった闇市にそっくりだ。今時、こんな朽ちた商店街が残っているのも珍しい。三人並べば、封鎖できるほど狭い道はどぶ川のように蛇行し、八の字を描いている。両岸には子供部屋くらいの商店が節操のない並び方をしている。生臭いジーンズを売る洋品店の向いでは洗濯機が回る音を毎日耳にしながら、捩《ねじ》り鉢巻きの男が「奥さん、きょうはあじがうまいよ」と声を掛けている。

私はそば屋で遅い朝食、たぬきそばを食べる。揚玉が入るとなぜたぬきになるのか考えながら食べるのが好きだ。一度、店の主人になぜ、たぬきそばというのかたずねたことがある。主人が答えるに、たぬきは天ぷらそばに化けようとしたが、天ぷらがどういうものかよく知らなかったのだという。

アーケードの迷路で一時間ほど過す。ここはいたるところに隠れる場所があるので、追われる者には向いている。私は一人で隠れんぼをしている。通り過ぎようとした金物屋に隠れては、何に使うわけでもないのに艶出しワックスを買う。さらに二軒隣りの豆屋に隠れては、ささげを百グラム買う。これは赤飯二回分だ。

横町やよじれた道の合流地点、アーケードの隅々まで歩くと、私は駅前へパチンコをしに行く。私は消化器官を思わせるこの機械が好きだ。中でも便秘気味の大食漢が好きだ。おかげで、まだ大勝ちしたことはない。大負けがないのは、私は打った玉の行方を目で追う子供のような趣味があるからだ。

私はさっき買ったささげを一粒、鉄の豆の中に混ぜる。こんな他愛もないいたずらをする自分を私はちっとも恥しいと思わない。ささげは最後の最後になって、弾き出され、いけにえに捧げられるように釘と釘の間に吊される。私はそそくさと立ち去る。

スーパーマーケットが競《せ》り合うメインストリート。町で一番大きな書店で妻に頼まれた美術雑誌と哲学雑誌、それに週刊誌を二冊買う。

雑誌といえば、自宅や研究室には毎週、五六百ページに及ぶ内外の学術週刊誌が五冊は来る。私はなるべく目を通すようにしているが、どうしても三分の一はおざなりになってしまう。解剖学に多少でも関わりのある論文となると、年間に数万という膨大な数で、一個の大脳に収めるには一日が一年くらいの長さでなければなるまい。私もいくつか論文を投稿したが、それを読んだ人は世界に何人いるだろうか?

……日曜日に解剖学のことを考えるのはやめておこう。

メインストリートのはずれにはポルノ専門の映画館がある。きょうのプログラムは三本立てだ。

『SEXバンパイア』、『女教師日記』、『ウォーターパワー』……。

ウィトゲンシュタインは大学で緊迫した密度の高い講義を終えると、ボーッとしてB級映画を見ていたという。映画は大脳の旧皮質に潜在する無意識をすくい上げる機能があるようだ。それはA級もB級も変わらない。ウィトゲンシュタインの哲学は前頭葉を奴隷のようにこき使う作業だったが、B級映画を見ることによって、原始的な記憶にさかのぼり、思想のバランスをとったに違いない。

私は彼に倣《なら》って、この映画館に入ることにする。

館内には若者が十人ほど、私と同年輩の男が五人、買物籠を提げた中年女性が一人いた。スクリーンには四つの巨大な乳房。アンプからは英語のよがり声。若者のうちの一人はヒアリングの訓練をしているという素振りをぎこちなく行なっていた。

私は二時間ほど、セックスをするためのストーリーにつき合った。学術論文にもポルノ映画のようなストーリーはある。詰まるところ、ダーウィンの『種の起源』も様々な例証を時に強引に結びつけなければ、収拾がつかなかったのだ。小さな変異が積もり積もって、動物は変わり、最終的に人間になったといいたいためにストーリーを書く。大変な執念だ。人間の中枢というのはやはり、ストーリーをこしらえるようにできているのだろうか？

## 妻の目から見た解剖学者

主人と結婚したのはちょうど二十年前のことで、それ以前に三年間の交際期間がありました。私が少女歌劇団に在籍していた時に、父の学生時代の同級生でいらした先生の紹介で主人と知り合ったのですが、結婚は必ずしも前提ではありませんでした。

私たちが結婚するに至った経過はもう忘れてしまいました。主人の口から愛の囁《ささや》きとかプロポーズの言葉を聞いた覚えがないのです。先日、そのことを冗談めかして話題にしますと、こんな答えが返って来ました。

「君は舞台でそういう場面にさんざん立ち会っているからいいだろう」

三年間の交際で、私が主人について知ったことといえば、いわゆる女たらしではないこと、感情的な起伏が乏しいことくらいでした。結婚生活はいつの間にか始まっていました。

主人は解剖学者の癖で、人を形や運動機能の面から見ることが多いようです。時に彼の眼差しはレントゲンのように私の骨格を透視し、観察しているのです。若い頃、二人で外出した時などは、すれ違う人を指差して、

「面白い骨が歩いているな」などということがありました。

主人の書斎にはヒトやゴリラ、ヒヒやジャコウネズミなどの頭骨や甲虫の標本が雑然と置かれ、本棚に収まり切らない本がそれらの間に積まれているというありさまなので、掃除をしようにも手がつけられない状態です。本は我家の癌細胞で、応接間にも居間にも、夫婦の寝室にも娘の部屋にも転移して増殖し続けています。

主人は書斎に籠《こも》って放心状態でいることがよくあります。ゴリラの頭蓋骨を手にして、虚空を見つめていたりすると、思わず、発狂したのではないかと心配になります。私は主人の発狂に立ち会うのだけは嫌です。

「私も脳軟化症になった君の世話をするのだけは御免だ」と彼はいいますが、常識的に考えて、彼の発狂の方が早いという気がします。ヒトや類人猿の頭蓋骨を見て、恍惚にひたっている主人の姿は微笑ましいものではありますが、「電波が飛んでいる」とか「スパイが身辺を調査している」などと口走らないことを祈るばかりです。

夫婦の性生活はかなり淡泊な方だと思います。ひょっとすると、主人は私を死体と重ね合わせて見ているのではないかと不安になることがあります。

「寝室では自分が解剖学者であることを忘れて下さい」といいますと、

「君を切り刻んだりはしないよ」と物騒なことをいうのです。

主人の愛撫は率直にいって、ぶっきらぼうです。それは愛撫というより、私の肉体の確

認のようなのです。背中に回した手で私の椎骨《ついこつ》の数を数えるのです。また、骨盤を両手で押さえて、

「私は君のここが一番好きだよ」といってみたりもします。

「そんな調子で別の女の人も口説いてるんじゃないでしょうね」と詰め寄りますと、主人はあっさりと答えるのです。

「ヒトの雌の個体差にはあまり興味がないんで、君一人で充分だよ」

おかしなことをいうようですが、私は最近、主人の手で自分の体の各部分を確認してもらう快感を味わえるようになりました。私の体について、本人以上に詳しい人がいるということは何やら安心して身を任せられる思いがするのです。

主人は解剖学者として、若い人や専門を別にする人と話をする時、必ずといっていいほど用いる決まり文句があります。

「私の拠りどころは死体です。死体だけが私の生きがいです」

大抵の人はこの言葉に何となく納得させられてしまうようですから、いうなれば解剖学者の殺し文句なのでしょう。

毎年、春から夏にかけて、大学では解剖学実習が行なわれます。一年を通じて、主人が最も多忙なのはこの時期です。毎日、何時間も死体とつき合って、クタクタになって帰って来ます。帰宅してからはビールを一本飲んで寝るだけです。完全に肉体労働者の生活パ

ターンになってしまうのです。

故人の亡霊が現世の人間を恨むことはあるのでしょうが、生きている人が死体に嫉妬することもあるのです。この時期の私は生きている死体に生活をかき乱されているようなものです。死体と浮気する主人を責めるわけにも行かず……。

私は主人を解剖学者として意識し過ぎているのかも知れません。彼は自分の性格には解剖学が似合っているといいますが、私には解剖学が彼の性格を変えたように思えます。

彼は決して、偏執狂ではありません。確かに骨や死体に寄せる情熱は異常なほどですが、解剖学に無関係と思われるようなことにも首を突込む癖があるのです。実際、我家にある本を見ていただければわかると思いますが、昆虫学、遺伝子工学、分子生物学、コンピューター関係、経済学、哲学、そのほかSF小説、ミステリー、映画論、写真論、音楽論に至るまで並んでいるのです。さらに驚いたことに、少女漫画やアイドル写真集まで机に積んであったのです。娘から借りたのなら話はわかりますが、自ら書店で買い求めて来たのですから驚きです。

読書はもっぱら通勤電車の中で行なうようですが、家でもソファに横になって読んでいます。その節操のなさはあきれるほどです。十冊くらいの本を同時進行で読むのですが、少女漫画を読んだばかりの頭でライプニッツを読むのです。

私が解剖学者でしたら、主人の脳を割って調べてみたいものです。普通の脳は左右二つに分れているそうですが、彼の脳は賽《さい》の目に分れているのではないでしょうか。きっと、同時にいくつかのことを考えているのでしょう。もちろん、体は一つしかないので、行動に落ち着きがなくなるのです。

主人の記憶力の良さにはしばしば驚かされます。ゴミ箱と同じだといって笑ったこともあります。あれは家族三人で旅行した時のことですが、突然、主人は立ち止まり、今しがたすれ違った人の後ろ姿を凝視していました。彼は声こそ掛けませんでしたが、こんなことをいいました。

「今すれ違った人は六年前、ウィーン・フィルの演奏会に行った時、斜め前に坐っていた人だよ」

本当か嘘かは調べようがありませんが、いずれにしても、こんな役に立たない記憶も彼の頭には詰まっているのです。何でもかんでも記憶するのは彼の趣味のようなものです。そんな雑多な記憶ばかり詰め込んで、邪魔にならないのかとたずねますと、

「仕事だからしようがないよ」というのですが……。

解剖学とアイドル写真集はどう結びつくのでしょう？　……結びつける必要はないと彼はいいます。この世のあらゆるものはてんでんバラバラに存在しているのだからと。

「多くを記憶すればするほど、中枢のエントロピーは増大する。中枢は事象の断片をつなぎ合わせる不完全な接着剤である」

これはゾルタン・ハガーチという学者の言葉だそうですが、私には何のことか全然わかりません。

最後に一言。

私は主人の得体の知れなさを愛しています。私は死体になっても、彼に愛されたいと願っています。

## 解剖学者の履歴書

氏名　白鳥不二男
生年月日　一九××年三月十三日
学歴　B大学医学部卒業
職歴　B大学附属病院外科・国立K病院精神科を経て、現在B大学医学部教授（解剖学）

私は大学時代の成績だけは優秀だったが、医の心なるものは全く欠如していた、とこの際公言しよう。そもそも、人を生き永らえさせることには興味がなかったし、病気とは何か考えれば考えるほど理解から遠のいた。

私は恩師に勧められるがままに外科を選んだが、一年もすると自分には不向きであることがわかった。元来、手先があまり器用な方ではなく、二度ばかり患者の運命を暗転させかけたのだ。

一度目は交通事故で顔面裂傷を受けた女性の視神経を危うく切ってしまうところだった。二度目は腸捻転の青年を虫垂炎と誤診し、彼を危篤状態に陥れてしまった。

私はすっかり自信喪失してしまい、生身の体を修理する作業から身を引いた。このくらいの過ちは誰にでもあるといって私を引き止める先輩医師もいたが、あいにく私は彼ほど強靱な精神力も体力も持っていなかった。

恩師は「君はやっぱり精神科に向いているようだ」と私にアドバイスした。私は人に勧められてロバをかつぐ男のように、大学へ戻って精神医学教室に入った。この二年間は膨大な量の読書をこなした。精神医学関係はもちろん、文学に最も近いところにいたのはこの時期だし、解剖学に興味を抱いたのもこの読書三昧の日々がきっかけになっている。

三年目、私は都内の病院に勤務するようになった。あたりまえのことだが、病院には患者が来る。二年間、書物の世界の住人であった私は軽い対人恐怖症にかかった。私が最初に診察したのは自意識過剰に苦しむと自ら訴えた文学少女だった。

彼女は特にこちらが状況を設定しなくても、自作の小説を朗読するように饒舌に話した。三回の面接から私が知り得たのは……彼女は他者の存在がハリボテのように感じられ、世間で起こっていることは全て自分を欺《あざむ》くための狂言だと思い込んでいるということだった。彼女の現実感の拠りどころは自分をヒロインに仕立て上げられるつくり話だったのである。

私はそのつくり話のスケールをもっと広げて、現実と殆《ほとん》ど変わりがないくらいにしてはどうかと全く子供騙しの忠告しか与えられなかった。私はこういうべきだったのに。現実というのは人間の頭がつくったものなんだから、嘘なんだよ。君は正しい。実際、精神科医と患者の境界は脆弱なものだ。それは言葉でできているのだから。中には診察室で医師と密会する気で、来診する女性患者もいるし、精神科医の精神分析を試みる趣味の心理学者もいる。

私がこの言語ゲームにうんざりするまでに二年とかからなかった。

再三の心変わりに恩師は私に愛想をつかした。

「文学部にでも行ったらどうかね」と私はいわれて、本当にその気になったが、言語だけで体系をつくる学問を嫌って医学部を選んだ人間が今更、文学青年面をするのも恥しかった。

私は基礎医学の見地から医学そのものを考え直すことを決心した。というよりは、私にはそうした愚直な仕事しか残されていなかったのだ。そして、私は解剖学教室に舞い込んで来た。今日に至るまで二十年間、退屈することはなかった。

外科手術とは違って、相手は死体である。疲れたら休めるし、神経を何本切っても責任は負わずに済む。また、精神分析と違って、対象は目に見える形である。解剖学における現実とはすなわち死体のことである。

「死体は寡黙な教師である」

これは十九世紀のドイツの解剖学者の言葉だが、沈黙の教師といわないところがにくい。

解剖学は歴史が古い。紀元前四百年頃、古代ギリシャで始まり、十六世紀にベサリウスが体系化したとされるくらいだ。そのせいではないだろうが、解剖学教室には先人の執念や偏見が亡霊となって住んでいるようだ。長い歴史の中で発表された学説の数を一から数えたら、一体何日かかるのだろう。

解剖学は退屈な学問だと誰もがいう。学生は辞書を覚えるようだといい、臨床医学の人は盆栽いじりみたいなものだという。多少とも博物学に魅かれたことのある人にとっては呪縛力があると思うのだが。

私は解剖学を愛している。そこには決定不可能なことを決定する喜びがある。確かなことは何もないということだけをいう……これが学問の姿ではないだろうか。私が真顔でそう呟《つぶや》くと、自然科学はそんなにロマンチックなものではないと笑う友人も少なくない。

## 甲虫と解剖学者

パパに甲虫の話をさせると三日三晩話し続けちゃうのよ。家には三千種類くらいの標本があって、パパの自慢よ。日本に生息していないカブトムシなんかもたくさんあって、小学生の頃、夏休みの宿題で借りたこともあるわ。握り拳くらいあるのから、角が三本生えてるのや、ツートーンカラーのやつ、みんなプラスチックでつくったみたいなの。

小学校四年の時、家族三人でオーストラリアに一年間住んでいたんだけど、パパだけは大学の講義や昆虫採集で忙しくて、あたしとママは一ヵ月で退屈しちゃって、早く日本に帰りたかったわ。シドニーって何にもないところなのよ。車で三十分も走れば、砂漠に出ちゃうんだもの。でも、野生のコアラは可愛いかったわ。あたし、コアラの真似をして、ユーカリの葉っぱを食べてみたけど、とてもじゃないけど食べられなかったわ。コアラってわざわざあんなまずいものを選んで食べるんだから変わり者ね。

ママはやることがないから、油絵を描くようになったけど、あたしは歌謡曲が聞けないし、日本人の女の子の友達が一人しかいないし、しようがないからパパの昆虫採集を手伝うことにしたわ。

ブラッドフィールドハイウェイを車で走って、郊外に出ると、パパは子供みたいに虫かごと水筒を肩にかけて、林の中に入って行くの。足なんて泥だらけになるわ。それというのも、天気のいい日は虫があちこちに散らばっていて捕まえにくいから、雨が降って林が水びたしの日を選んで行くからなの。虫は水を嫌ってまわりより高くなっているところに集まるから、一度に何種類も捕まえられるってわけ。一番収穫があった時は二十種類の甲虫をたったの三十分で集めたのよ。パパの喜びようったら、本当にあたしの同級生みたいだったわ。

パパはどうして甲虫に熱中できるのってたずねたら、人間や犬と違って、骨が外側にあるからだよっていったの。確かに骨の中に肉が入ってるけど、それだったら海老でも蟹でもいいのにっていうと、甲虫は種類が多いから好きなんだって。たくさん集めて、形の違いを眺めるのが生きがいなんだって。暗いわね。甲虫の死体を集めてニヤニヤ笑うなんて変質者みたいじゃない。

パパはどんな子供だったのかっていうと、やっぱり甲虫マニアだったそうよ。『ファーブル昆虫記』とか昆虫図鑑を見ているうちに実物を集めたくなったとかいってたわ。昆虫採集って一度熱中したらもう抜けられないんだって。麻薬みたい。

パパは日本に帰って来てからも、南半球に行きたがってるわ。大学を定年退職したらオーストラリアに住む気でいるの。シドニーかメルボルンの北向きの一軒家に住みたいんだって。ママは嫌がってるけどね。パパは北半球に長く住み過ぎたっていってるわ。パパが南半球に住みたがるわけはやっぱり昆虫なの。南と北では住んでる動物も、生えてる植物も、這ってる昆虫も全然違うそうよ。だから、北半球に住んでる昆虫マニアは南半球が天国だと思うし、南半球に住んでる人は北半球が天国に思えるんですって。でも、あたし、シドニーに住んでた頃、見たこともない形のゴキブリを見て、気味が悪かった覚えがあるわ。だって、黒い羽根がおちょこの傘みたいにそっくり返ってるんだもの。あたし、ゴキブリ一般が嫌いな人なんだけど、その時は日本の茶バネゴキブリが可愛いと思ったくらい。

## 骨が語る

私はよく旅行に行く。これまでにヨーロッパに三度、アフリカに一度、東南アジアに二度、ラテンアメリカに一度出かけている。妻は私に『解剖学者の冒険』というタイトルの旅行記を書くように勧めるが、興味が湧かない。私の友人アントワーヌ・ロカンタンはこういっている。

最も平凡な事件がひとつの冒険となるには、それを人に〈話す〉ことが必要であり、それだけで充分である。

彼は冒険と土産話は同じものだともいっている。私もそう思う。私が見たり聞いたりしたものはちょっと大きな図書館に三日間通って、書物をあされば済むことだ。

私の旅行は甲虫を採集するか、珍しい頭骨の実物を見に行く場合が殆どである。私は単純にそれだけの動機でインディオの集落やチベットの寺院を訪れる。私は頭骨を収集する趣味はないが、甲虫と同じくらいの愛着がある。死者の骨にこだわるのは世界共通らしい。首狩族が頭骨を調度品やアクセサリーにするのも日本人が火葬した骨を納骨堂に収めるのも解剖学者が寸法を計測したり、内部の微小な骨をピンセットでつまんだりするのも似たようなものだ。

頭骨はそれが大昔の人間のものであったりすると、世紀の大発見となる。解剖学者、人類学者、考古学者、マスコミ、ヤジ馬……入り乱れてお祭り騒ぎになる。

人間の化石頭骨が最初に発見されたのは一八五六年のことだ。ジブラルタルの採石場に、後にネアンデルタール人と呼ばれることになる頭骨が出現したのである。私はその実物を大英博物館で見た。ハンマーでたたきつぶせばインチキ薬として売るしかないような茶色い化石頭骨を目の前にして、私は生前の姿を想像してみる。この瞬間、私はとても叙情的な気分になる。詩人になるといってもいいくらいだ。しばらくすると、ネアンデルタール人が私に話しかけて来る。

一体、おれはここで何をしているのだ、と。

私は教えて差し上げる。

ここを通る人を見ているのでしょう、と。

私は著名人の頭骨も数多く見た。頭蓋が前後に短かいエラスムスの頭骨、逆に前後に極端に長いスウェーデンボルクの頭骨、ロートレックの骨形成不全の巨大な頭骨……これらは異常な頭骨の代表例のようなものだ。

あるいは穿孔術《せんこうじゅつ》を施された頭蓋、装飾が施された頭蓋、ジョッキや枕に加工された頭骨も見た。

ローマ、サンタ・マリア・デラ・コンチェツィオーネ教会の納骨堂は圧巻だった。四千人以上ものフランシスコ派修道士の骨が五つある半地下の納骨堂の天井や壁に飾られているのだ。ただならぬ熱気……修道士たちは骨になっても物静かに信仰告白をするのである。

私の大学には標本室があるが、そこには恩師の骨格標本が陳列されている。M教授は堂々たる体軀《たいく》の方だった。私が研究室を訪ねると手ずからコーヒーを入れて下さった。大変ユーモアがお好きな方で、私はしばしばその高級なユーモアが理解できずについ語義通りに取ってしまったが、冗談のわからん奴だと高飛車にいうこともなく、いつもにこやかだった。私はM教授の金歯を見ながら、誤魔化しの笑いを浮べるしかなかった。

M教授は退官後、肺癌で亡くなられたが、本人の遺志で火葬にはされず、大学の標本室に住まわれることになった。解剖実習用に献体されるつもりであったが、教授を知る弟子や学生への配慮もあって、骨格標本になる方を選ばれた。

私は頭の中で骨格に肉づけをし、いつでもM教授にお会いできる。金歯付きの歯だけは生前と全く変わらない。コーヒーは入れて下さらないが、あの金歯の笑いは標本室に響いている。教授は今や不死の人である。

私はまだ遺書を書いたことはないが、この一文は書き入れようと思っている。私は師に倣い、骨になっても解剖学者であり続けるだろう。

これが私の信仰告白といえば、大袈裟だろうか?

## 遺伝学者との対話

――白鳥先生は自然科学より人文科学の方が向いていると僕は思いますね。自然科学はとりあえず、定義できるものを定義するべきじゃないですか。厳密にいえることだけを問題にすればいいのであって、曖昧なことは不問に付しておけばいいんですよ。

――でも、それは一つの学説の中に閉じ籠るということだよ。

――論理というのはそういうものなんじゃないですか。検証可能なものなんて確かに少ない。人間の脳なんて謎だらけでうんざりしますよ。

――そうだね。脳のことがわからないなんて我々は能無しだね(笑)。

――先生はわからないことを一種の快楽みたいに感じてるような気がするんですが。

――まあ、そうでもないがね。ただ、遺伝学者がいうことと形態学者がいうことは食い違うばかりでしょう。私はその間に立ち入ってコウモリになりたいんだがね。その場合は君が嫌っている曖昧なことを曖昧だというくらいしかできないだろうがね。

――そこが先生の哲学者たる所以《ゆえん》なんですよ。

――哲学者ほど自分の大脳に頼ってはいないよ。私はいつでも死体にフィードバックしているからね。これが形態学者の幸福なんだとよく思うよ。死体サマサマだ。

――なるほど。死体のグルメらしい御意見ですね。どうも、先生は何がわからないのかに興味がおありだ。僕は何がわかるのかの方に興味があるんですが。

――君は「我思う故に我あり」と思うかい？

――思いますね。

――私は我があることなんてどうでもいいと思ってるんだ。いい方を変えると、「我思い余って我なし」といったところだな。

――無我の境地ですか（笑）。

――君は自分の存在を確かに感じたことはあるかい？

――ありますよ。

――それはどんな時に感じたんだろう？

――高校時代に肺炎を背負い込んでしまいましてね。生死の境にいたことがあるんです。両親や妹がベッドのまわりを取り囲んで寝ている僕をのぞき込んでいまして、僕は非常に呼吸が苦しくてゼーゼーいってました。そのうち、意識が朦朧《もうろう》として来て、父が「何か様子が変だぞ」と叫ぶのが聞こえたかと思うと、病室がドタバタとうるさくなったんです。主治医や看護婦の顔が見えました。僕は何か安らかな気持ちになりまして、呼吸も楽になったんです。しかし、何を思ったか看護婦の一人が僕に口づけをして、人工呼吸を始めたんです。不思議な話ですが、僕の呼吸は止まっていたんですよ。看護婦が僕の口に息を吹き込むんですが、僕は何にも感じなかったんですから。その看護婦は割に美人で、僕は好きだったんですがね（笑）。彼女の白衣の襟許《えりもと》からブラジャーのヒモと乳房の谷間が見えたのを憶えています。失神していましたから勃起しようにもできなかったんですよ（哄笑《こうしょう》）。僕が自分の存在を感じたのはその時です。どういうわけか、生死の境では中枢が異常に冴えたんですね。僕は人工呼吸のおかげで蘇生しましたが、つくづく思いました。我ありとね。

――死にかけてみないと自分の存在は感じられないものなのかな。

――人によるでしょう。僕はたまたまそうだったんですが。あれ以来、僕は科学者になろうと思いましたね。ああいう不思議な体験をしたら、多くの人は神を見たとか、死後の世界を見たとか宗教的な感情に襲われるんでしょうね。でも、僕は科学的に解明したいと思いましたよ。

——君は若かったんだね。中枢の生きがよかったんだ。私だったら詩人になっていたよ。

——僕ももう三十五ですがね。しかし、若さがなければ、遺伝子操作でワニから恐竜を作ろうなんて気は起きないでしょうね。僕はかなり真面目に考えてますが。

——ビールでも飲みに行くかい？

——行きましょう。

解剖学者と遺伝学者は解剖学教室を出て、バニーガールがワゴンを押してテーブルを回るビアガーデンに行く。生ぬるい夜風に顔をベタつかせ、バニーガールの網タイツを横目に、議論を続ける。

——科学者は実験室でできることを敢《あえ》てしないということがよくありますね。例えば、人間の発生の段階で遺伝子にバイアスをかけて、人工的に奇形児をつくることができる。私は許されればやってみたいですね。放射線を使って突然変異を起こせば、人間以上のものが生まれる可能性がありますからね。

——私はそういうのは関知したくないな。人道主義者とやり合うなんてゾッとするからね。

——なるほど。ヒューマニズムなんて人間中心主義のなれの果てですからね。人間中心主義をもっと極端に推し進めれば、無脳症や単眼症の子も生き延びさせることになりますよね。

——君、そんな話は大っぴらにはしない方がいいよ。

——もちろん、ここだけの話ですよ。でも、ヒトラーのクローンを実際につくりたいもんですね。遺伝子工学がそれを達成するのは時間の問題ですからね。

——ヒトラーくらいならつくってもいいんじゃないか。時代も環境も違うんだから、せいぜいワグネリアンの凡庸な絵描きが増えるだけだろう。もし、SF小説みたいにファシズムが繰り返されたら、面白いがね。我々人類の愚かさは変わっていないということで、それこそ君、遺伝学者の勝利だよ（笑）。

——いいですね。やはり、危険を冒さなければ科学とはいえないと思いますよ。

——私は自分一人で楽しむのが科学だと思う。人類の未来のためとは思えないからね。

## アンジェラの恋

先生とはじめて会ったのは、あたしがこの店に出るようになって、三ヵ月もした頃だったわ。興行師のTさんと一緒に見えたの。高校時代の同級生だそうよ。Tさんは太っ腹な人なんだけど、何だか一緒にいると落ち着かないのよね。やたらに溌剌《はつらつ》としていて、精力絶倫って感じ。あたしはそういう人は嫌いじゃないんだけど、どちらかというと少し枯れた感じの方が好みなのよね。でも、なかなかこういう派手な店には来ないものなのよ。店に入って一杯飲めば二万円だもの。

　先生は物静かな人で、Tさんとは対照的だったわ。お坊さんの恰好がきっとよく似合うと思った。一度でいいからお坊さんと寝てみたいわ。高野山とか永平寺で修行してる若い僧侶って美しいじゃない。あたしは先生が解剖学の教授だって聞いてますます興奮しちゃったわ。だって、お坊さんも解剖学者も死体と縁の深い仕事でしょ。先生ったら、私も僧侶の真似はしますなんていうのよ。解剖したあとの死体を火葬にして、お骨を遺族に返しに行くんだって。お骨の箱を二つも持って、電車に乗ってるとジロジロ見られるっていうから、大笑いよ。初対面でお坊さんに似てると思ったあたしの勘も大したものでしょ。

　うちのママさんも先生のことは気に入ったみたい。第六感に響く魅力があったのね。ほかの男と違うのは確実ね。何だか同業者に対するいつくしみみたいなのを感じたのよ。おかしな話だけど。

　あたしは女になってもう二年になるわ。ママさんは十五年よ。さすがに十五年も女稼業を続けていると艶っぽくなるわね。顔にも声にもしぐさにも男っぽいところはこれっぽっちも見当らないわ。その点、あたしはこれからね。ボーイッシュな女っているじゃない。あれは悔しいわ。自分が女だってことに甘えてるのよ。あたしなんか女らしい男と見られることが多くて困ってるの。レッキとした女なのに。

Tさんとは何度かデートしたんだけれど、このあいだとうとうベッドインしちゃったわ。Tさんは興味半分だってことはわかってたんだけど、やっぱり女である以上、いつかはね。あの人、遊び慣れていて、愛撫も上手なんだろうけど、あたしはあまり感じなかった。一応、身をよじらせたり、アハッと声を出したりしたけど。でも、そのあとがいけなかった。Tさんはあたしの胸を揉みながら、左手でソーッとあたしの喉仏を確かめようとしたのよ。ひどいじゃない。あたしをはなから男だと疑っているってことでしょ。もう、気分も台無しでヤケになって、パンティも脱いじゃったわ。Tさんは穴が開くほど見つめちゃって、いい勉強になった、ですって。デリカシーがないのよ。あたしは女になるためにどれだけの努力をしているのか教えてあげたいわ。手術には二百万以上かかったし、衣装だって、体に合うのを探すだけで一苦労なんだから。特に靴は大変。二十六センチのハイヒールなんて日本には売ってないのよ。だから、二十五センチの靴を無理して履くの。この痛みをわかってくれる男は少ないわ。

あたしが今まで、お客さんにいわれた言葉のうちで一番嬉しかったのは先生の一言。

君の骨格はまぎれもなく女性だよ。

あたしは自分が女だってことの動かぬ証拠を教えられたようなものだもの。

先生はその後も時々、店に来てくれるようになったの。あまりお酒は好きじゃないみたい。変わった飲み方よ。自分ではあまり喋らないし、陽気にも陰気にもならない。あたしが先生を誘惑しようとすると、嬉しそうな顔はするのね。そこがカワイイの。いきなり、あたしがポロンと乳房を出して見せると、先生は、若くて張りがあるうちにたくさんの人に見せてあげるといいねといったわ。あーあ、先生に抱いて欲しいわ。

先生は浮気なんてバカらしくてできないんでしょう、美人の奥さんがいるし、お茶目な娘さんもいるしっていったら、女房と浮気してるよ、ですって。ひょっとして、先生はホモの気があるんじゃないかしらってママがいうと、性別なんて大した問題じゃないよと含蓄のあるお言葉。それじゃ、バイプレイヤーかっていうと違うんだなあ、これが。

あたしはホモ・セクシュアルだったためしはないのよ。殿方とメイクラヴしたのは女になってからなの。だから、つい最近まで処女だったんですから。

あたしは一度だけ、先生とデートしたことがあるの。お店ではいつもきわどい冗談ばかり飛ばしてるんだけど、その日はついつい深刻になっちゃって、身の上話なんてしてしまったわ。先生は昔、精神科医だったから聞き上手なのね。

あたしの女性遍歴はちょっとしたものでね。某有名女優と一夜を過したこともあるの。中学時代から女の子にはモテて、初体験は十三の時だった。二十歳になるまで、五十人以上の女性と関係を持ったわ。でも、あたし自身は快感を感じたことはなかった。セックスの最中も射精までの秒読みができるくらいだったわ。あたしは全身でエクスタシーを感じる女性が羨しくてしようがなかった。男の場合、ツンと上を向く紫色のチューブだけでしょう。一度でいいから、膣感覚を味わってみたいと思いついたら最後、そのことしか考えられなくなってしまったの。あたしは悩みに悩んだわ。当り前よね、男としての楽しみを全部捨てることになるんだから。これは出家して、お寺で厳しい修行をするより大変な覚悟がいるんだもの。いずれにしても、男って自分の性器と戦わなくちゃならない動物なのね。

男の人の中には、男は人間だが、女は動物だっていう人がいるけど、一度女になってみなさいってあたしはいいたいわ。女になってはじめて、女は人間で、男は動物だってわかると思う。ママさんなんかは、女は人間以上の動物よっていうけどね。

きっと、先生はあたしのいうことがわかってくれているわ。手術こそ受けないけれど、先生も自分が男だということに嫌気がさしているんじゃないかしら。男は頭でものを考えるが、女は子宮でものを考えるっていうでしょ。よくホストクラブのホストが自信たっぷりにいうのよ。まるで自分も頭でものを考えてるみたいにね。何いってるのよ。あんたなんておちんちんで感じてるだけじゃないの。あたしはおちんちんを切って、頭も使って女になったのよ。そういうセリフはもっと頭のいい人やハンサムな人がいうべきよ。

先生はあたしに向って、とても感動的なことをいってくれた。

私は人や動物の死体を解剖するが、アンジェラは自分の体を自分で解剖したね。私たちがやっていることはきっと同じなんだよ。

先生はわざわざ、これは冗談ではないよと付け加えたわ。

あたしはもう親から勘当された身だけど、もし先生があたしの父親だったら……って考えることがあるの。実の父は、親からもらった体を捨てた奴なんかもう子とは思わんといったし、母は、娘を産んだ覚えはないといったけど、先生なら綺麗になったななんていったりしてね……。

あたしは頭がよくなければ、女にはなり変われないと思うの。先生もそうだっていってくれたわ。アンジェラはいつも女とは何かを考えてるから、本物の女より女らしいって。つまり、男にしても女にしても本物であるってことは大したことじゃないのよね。

先生はこうもいっていたわ。

解剖学者は死体を解剖して、男と女の区別をしようとするが、それは無駄なことだよ。どんなに言葉を尽してもアンジェラには敵わないからね。私とアンジェラは違うけれども、違うのは形だけで、あとは殆ど同じだよ。私はアンジェラが男に間違われまいと努力するように解剖学の論文を書いているんだ。

あたしは解剖学者みたいなおカマで、先生はおカマみたいな解剖学者ってことなのよ。

ところで今度、うちの店で先生を表彰しようということになったの。長年にわたるおカマへの理解と地位向上に尽力してくれた功績に対して。

## バルダの独白

ボスはおれに英才教育を施してくれた。おれたちチンパンジーは教育によって潜在能力を開発されれば、一部の人間を越えることができるんだ。今ではおれは小頭症の人間や同じ年の人間の子供より知能も運動能力も勝っている。おれはボスから人間並みに扱ってもらったことに感謝している。弱いチンパンジーにとって野生は厳し過ぎる。人間の好意がなければ生き残れないんだ。おれはチンパンジーの中では出世頭になるのかも知れない。チンパンジーが都市で生活するためには人間並みに利巧でなければならないと思う。

ダーウィンという男はなかなか頓知《とんち》のある人だとボスはいった。ダーウィンがいうには、猿は猿のままでいるといずれは絶滅してしまうらしいんだ。しかし、チンパンジーくらいに頭のいい猿は自分たちが絶滅することが何となくわかるのだ。チンパンジーの絶滅を食い止めるためにはチンパンジーがもっと利巧にならなくてはならないんだ。つまり、チンパンジーは人間により近づき、あわよくば、人間そのものになる必要があるということさ。

おれは二歳の時、ボスの家に引き取られた。生まれはアフリカのジャングルだ。群れからはぐれて一匹でさまよっているところを現地人に捕獲され、日本の動物輸入業者の手に渡された。そのあとうすら寒い日本で檻の中の生活が三ヵ月続き、幸運にもボスの目に止まったんだ。

おれはバルダと呼ばれ、白鳥家の一員として暮すことになったが、はじめのうちはゆかさんを引っ掻いたり、食卓の料理をめちゃくちゃにしたり、脱走して交通事故に遭ったりした。そのたびにボスの制裁を受けた。ボスはどんなチンパンジーよりも強く、優しいということを理解するのに時間はかからなかった。ボスはおれの神なんだ。

ボスは毎日、おれの手を握り、声を掛けてくれる。おれはグリン（猿の愛想笑い）で応える。ボスは時々、おれをくすぐる。おれは思わず声を出して笑う。何て幸福な瞬間だ。ボスに愛されているのが実感できるんだから。

ボスはおれに様々なことを教えてくれた。スプーンの使い方、テーブルや床を雑巾で拭くこと、こぼさずに水をコップに注《つ》ぐ方法、トイレで用を足すこと、ピアノで音階を弾くこと、クレヨンで絵を描くこと、十二の色を識別すること、煙草や酒をたしなむこと、パンツをはいたり、脱いだりすること、風呂に入ること、ブラシで体毛を梳《す》くこと、音楽に合わせて踊ること、手を使わずに歩くこと……ｅｔｃ。

おれは三歳でこれくらいのことはマスターした。あいにく、直立歩行は困難を極めた。これができなければ、人間にはなれない。おれはボスの特訓に耐えた。はじめのうちは腕をバランス棒のように使って、綱渡りをする感じだったが、今では百メートルの駆け足なら保育園児といい勝負だ。おれはチンパンジーと人間を隔てている壁を一つずつ乗り越えつつある。おれはボスの調教を受けるのが生きがいだ。

おれは今、言葉を学んでいる。チンパンジーには一応言語中枢があるが、喉頭《こうとう》が人間より高い位置にあって構造上、複雑な音声を発することができない。だから、音声言語は苦手だが、手話や記号では言葉を使える。おれはすでに二百種類以上の言葉を覚えた。ボスだけでなく、奥方やゆかさんもおれの言語教育に熱心だったおかげだ。おれは家族の人たちの言葉を聞いて、うなずいたり、首を振ったり、笑顔をつくったりする。ボスが灰皿を持って来てくれといえば、おれはいそいそと灰皿を持って行く。ボスが帰って来ると、玄関先まで迎えて、カバンを持つ。このあいだ、新聞勧誘員が図々しく戸を開けてしつこく居坐っていたが、おれはゆかさんにあいつを撃退しろといわれて、その役を果した。クリスタルの重たい灰皿を持って、歯を剝き出して威嚇してやった。おれは奥方に賞《ほ》められ、好物のサラミソーセージを一本褒美にもらった。

おれは客の接待の仕方も覚えた。奥方の茶呑み友達やゆかさんの学校の友達が来ると、手をついて深々とお辞儀をし、次に握手をする。その時、おれはちゃんとパンツをはいていなければならない。おれをはじめて見る客はいくらかの戸惑いを覚えるのが常だから、おれは敵意がなく、人並みのことを猿なりにこなす天才チンパンジーであるところを見せなくてはならない。菓子箱を運んだり、愛想笑いを浮べることはもちろん、時には手をたたいたり、ゴリラの物真似のドラミングをしたり、音楽がかかっている時は踊ってみせたりしているのだ。

殆どの客はおれの天才ぶりに驚く。サーカスにいたのかとかテレビに出演するべきだとかいう。中には小憎らしいなどと口さがないことをいう人もいる。おれは確かに人の猿真似をしているのだが、人も人の猿真似をしながら学習しているんだから、人と全く同じじゃないか。

だが、おれはこれ以上人間に近づくと危険なことも知っている。おれは紛れもないチンパンジーであるからこそ人間に可愛いがられているんだ。白鳥家に来る客はみんな、おれがチンパンジーだから安心できるのだ。もし、おれが呆け老人や身体障害者だったら、こんなには甘やかしてくれない。

霊長類学研究所にはカオリというメスの天才チンパンジーがいるが、ボスはおれをカオリ以上のチンパンジーに教育したいらしい。それより、おれはそのカオリに会ってみたい。おれは女を知らないんだ。

ボスはおれが発情することもちゃんと計算に入れていた。独身チンパンジーのつらさをわかってくれるのはボスだけだ。ボスはおれを大学の人類学研究室に連れて行ってくれ、そこで研究用に飼育されているメスチンパンジーのサチコに会わせてくれた。おれは感激のあまり涙が出た。ボスとおれとはテレパシーで交信できるみたいだ。おれはほかの人の前ではチンパンジーだが、ボスの前では安心して人間らしく振る舞えるのだ。いや、ひょっとすると、ボスはおれと同じようにかつてチンパンジーだったのかも知れない。それとも、おれが人間以上のチンパンジーになりつつあるのだろうか？

## 解剖学者の夢

実習室の解剖台の上には二十五体の死体が載っている。部屋の中はフォルマリンとアルコールの刺激臭に腐臭が混じり、臭いのポリフォニーである。死体はもうかなりバラバラになっている。観音開きの戸のようにメスが入った皮膚を開き、脂肪を除去したあと、肋骨を一本ずつのこぎりで切り、剣道の胴のように胸骨をはずし、内臓を一つずつ検証してゆく。腕は胸骨と鎖骨を取れば、はずれる。筋肉はメスで断面をつくりながら、ピンセットで微細に調べる。

死体は生前の氏名では呼ばれない。顔や下半身はフェノールを浸み込ませたシーツをかけておく。死体は人間ではないが（私は時に人間以上だと思ってしまう）、ただの物体でもない。やはり人格を現す顔や性器を見るのは、二十年来死体とつき合っている私でもなるべく避けたいと思う。特に頭部を解剖する段になって死体と目が合う時や、死体に寝返りを打たせたりするのに手を握る時などはふと、死体の生前のことを想像してしまう。

この人は売れない小説を書き続けて、結局一冊の著作も持たず、自分の肉体が唯一の作品になってしまった哀れな人なのだとか……。

彼女は二人の夫に先立たれ、十人もいる子供の誰からも引き取ってもらえず、最後はこの解剖学教室にやって来たのだとか……。

彼は下町の長屋を愛し、独特な語り口で少数だが熱心なファンのために死ぬまで高座に出ていた落語家であるとか……。

私の中枢はありもしないことを死体に代わって物語ってしまう。私も年なのだろうか？遺志で献体し、解剖台に載る人の平均年齢は七十歳だ。私は五十歳。そろそろ自分の死が切実なものと感じられるようになる年だ。若い頃は自分が死ぬなどということはＳＦのようなものだったが、最近ではノンフィクションくらいにはなった。きょうは肺癌で亡くなった男性の肺に学生がメスを入れると、膿が一面に広がってしまい、水で洗い流したが、その作業の最中、気のせいか自分の肺に痛みを感じた。解剖学者はフォルマリン蒸気を吸入するし、私はヘビースモーカーであることだし、他人事とはいってられない身ではあるのだが。

三十代の頃ならば、私は今よりクールに死体に接することができただろう。文字通り、死体を機械と同じように分解していたのだ。ところが、今は死体を媒介に自分を解剖しているような気になることが多い。死体はフォルマリンとアルコールでしめてあるので生体より硬く、白茶けているが、器官はそのまま残っている。死体が彫刻であるとすれば、これほどリアルなものはまずないだろう。また、死体が人間であるとすれば、これほど無機的、鉱物的な人間はいない。当り前のことだが、死体には感情も理性もない。成長もしないし、生殖もしない。一つ確実なことがあって、それは私たちも将来、死体になるということだ。私は毎日のように人間の窮極の姿を見ているということになる。

私はけさ方、ベッドの中で映画を見た。ストーリーは説明しようがない。断片的なシーンだけが記憶に残っている。

私は一人で美術館に来ている。ベルギーの画家ジェイムズ・アンソールの展覧会が催されている。私はこの画家が好きで、アントワープの王立美術館で実物を見ている。この展覧会には私が何年ぶりかで再会するタブローも出品されていた。私は『仮面に囲まれた自画像』の前で立ち止まった。しかし、アントワープで見たものとは少し違っていた。このタブローは五十以上の世界各国の仮面、犬だか猿だか見分けのつかない動物、骸骨などの中に画家が鎮座しているものだが、肝腎な画家の姿が消えているのだ。

いつの間にか私は窓から中庭を見ている。中庭ではさっきまで見ていたタブローの中から飛び出して来た仮面やら動物やら骸骨が奇怪なダンスを踊っている。さらにチンパンジーやおカマ、無脳症や小頭症の子供、内臓剝き出しの老人、頭骨をアクセサリーにしたボルネオの首狩族、変型頭のインディオの子供たちも集まって来て、自分が解剖学者の白鳥だと口々に主張する。そして、解剖学用語や甲虫の名前を叫んだり、他人の学説の批判を始めたりする。ふと気づくと、窓際に立っている私は私の輪郭だけを残して透明な水筒になっていた。

＊これを書くにあたって、東大の養老孟司《ようろうたけし》教授の著書（『ヒトの見方——形態学の目から』筑摩書房）と講義録（『中枢は末梢の奴隷』朝日出版社）を参考にさせていただきました。登場人物その他は全て架空のものです。

# 砂漠のイルカ

冷たく興奮する満月。血の雨がくっきりと赤く見えるほど明るい夜。星時計は真夜中を示し、私は疲れ、気分はジメジメした暗い森だった。その日が何月何日であるか、何処《どこ》をうろつき、何をしていたか、定かな記憶がない。一度だけ月を見上げた。満月が灰紫の舌を出していたのを覚えている。私には家族も肩書きもない。過去は消えかかっていた。初めて会うのに懐かしい人と、声が嗄《か》れるまで話したのを覚えている。

＊　＊　＊

——あなたも何か歌って下さいよ。

今しがたポケットに片手を入れたまま演歌を歌った中年男は隣りの席に一人でポツンと坐っている男の肩をたたいていった。男はグレーのスーツに青い薔薇のプリントをあしらったネクタイを締め、硬直したように背筋を伸ばして坐っていた。蒼白い顔は年齢不詳で、鏡の向うの世界からうっかりこの澱《よど》んだカラオケ・バーに迷い込んでしまったような表情だった。

——何だかこの人すごく目が澄んでる。動物みたいにつぶらな瞳。

中年男の連れの女が声も体もくねらせながら、呟《つぶや》いた。そのつぶらな瞳は蠅と化して、落ち着きなくあちこち飛び回っていた。

——ところで、あなた、いつからそこに坐ってるの？　あたし少し酔払ってるから、全然気づかなかった。ねえ、歌ってよ。

舌の先が空回りしているような話し方をする長い髪の女は恋人だか上司だかの男の背中にしなだれかかって、〝つぶらな瞳〟にちょっかいを出したいようだった。

——あんたの顔、何処かで見たことある。何処だっけな。暗いとこだった。

私は女のうわずった声が耳障りで、嫌味の一つでもいってやろうと振り返った。その時、〝つぶらな瞳〟と目が合った。なぜか、私の目にも親しい顔だった。昔の恋人が男性化したような顔で、私にとっては、半ば腹立たしく、半ば照れ臭い、微妙な顔だった。彼が私の目の前に現れた最初の晩のことだ。思えば、十年ほど前、私もまた彼と同じように、全く見ず知らずの場所に迷い込み、地上での生活を当り前の顔をして始めることになったのである。長らくこの地上で暮したため、すっかり勘が鈍っていた私は一日だけでは彼の正体を見破ることができなかった。もし、その晩、彼の歌を聴かずにいたら、同族の二人は互いの正体を永遠に知らぬまま別れていただろう。

〝つぶらな瞳〟はマイクも伴奏もなしで、いきなり、天井を仰ぎ見て歌い出した。誰の耳とも親しくないが、誰でも耳を傾けたくなるようなメロディ、聴く人の神経をハープの弦のように弾く芳醇な声。まさか、この澱んだ場所で聴こうとは……ここはオペラハウスだったか、そんな歌だった。一体、誰の歌だろう、何処の言葉だろう、歌っている男は何者だろう、とそこに居合わせた人々は首を傾《かし》げ、急性の失語症に陥ってしまった。不思議な耳の体験だったはずだ。この私とて何が起こったのかすぐには呑み込めなかったのだ。しかし、頭より体の方が先に反応していた。彼の歌声は私の関節という関節、血管という血管、内臓という内臓にこだまし、私の記憶の最も奥深いところより数センチ下にもぐり込んだあの頃の感覚を呼び起こした。

十年ぶりのことだ。まさか、こんな場所で。私は一瞬、全身にくまなく詰め込まれた何十トンもの錘《おもり》から解放されたような気分だった。そして、思わず、カウンターにしがみついた。こうしないと、私の体はバーの天井を突き破って、宙に舞い上ってゆきそうだったのだ。

——何してるの？

私の姿を見て、マダムは笑った。あなたにいっても、わかってもらえまいが、私は昔、空を飛べたんだ。つばめやF14より器用に天を飛び回っていたのさ。けれども、十年前、天上で裁判にかけられ、地上に追放された。もう二度と天に上ってこれないように砂利トラック十台分もの錘を吞み込まされ、体中に貼りつけられて、雲の処刑台からポンと押された。きっと、彼も私と同じ目に遭ったのだ。その証拠に彼は雨でもないのにこうもり傘を持っている。私たちはパラシュートの代わりにこうもり傘を与えられ、ひょうと同じくらいの勢いである日地上の何処かに降ってきたのである。その日が私たちの誕生日だ。過去も前世もない中年男として誕生したのが私。

——美しい声だわ。こういうお客さんは初めてよ。

マダムの言葉でようやく我に返った客は拍手をし、いやあ参った、とか、これはグレゴリオ聖歌かな、などと呟いていた。

私は彼の隣りに坐り、ウイスキーを一杯おごった。どう切り出したらいいか、感激のあまり言葉が喉元で滞ってしまう。

——君は地上に落ちてきて間もないでしょう。歌を聴いてピンときました。

——まさか……あなたにはわかるんですか？

——もう十年にもなるので、すっかり変わり果ててしまいましたよ。こう見えても、私は君の仲間さ。君にはまだ面影が残っているね。

——ぼくはさきほどこの近くに落ちました。人がたくさん立っているところに。

——駅前のタクシー乗り場でしょう。で、どうしてこのバーに？

――どうしたらいいかわからないので、まっすぐ南に歩き、ここに突き当りました。ぼくはまだ自分が何者に変わったのか見当もつかないありさまで……いやあ、ツイてるなあ。先輩に会えるなんて。

私たちは着陸した瞬間に、地上人の容姿を持つことになる。私たちは本来、容姿というものを持ち合わせていない。彼や私のこの容姿はたまたま落下地点にいた地上人たちとよく似ている。私たちはいうなれば、彼らのあいだに生まれた雑種のようなものなのだ。彼の場合は、近くのタクシー乗り場にいた人びとの平均身長、平均年齢、平均的容姿を備えることになったのである。彼のつぶらな瞳は平均をとる人びとの中に子供か犬が混じっていたためにできたのだろう。もっとも、地上の生活に染まる前は、私もつぶらな瞳をしていた。

私たち追放者は地上に落下した瞬間に地上人の容姿と地上の言葉を与えられる。以後、それらを唯一の頼みの綱として、地上文化に順応するのが私たちのなすべきことの全てだ。天上での特権は役に立たず、生来の能力も衰え、やがて消えるだろう。しかし、生来の癖はそう簡単には脱色されない。好奇心を剝き出しにし、他人事に鼻を突込み、あることないこと記憶し、用もないのにフラフラ歩き回る。そして、何かの拍子に憶い出すのだ。そういえば、昔は天使だった、と。いっそ、天上生活の憶い出も消えてしまえば、諦めもつくのに。

——先輩といっても、ろくなアドバイスはできない。君の美しい声もそのうちしわがれて、調子っぱずれになってゆくかも知れない。まだ、かろうじて、あの頃の能力が残っているうちに身の振り方を決めて、衰えを食いとどめることだね。最悪でも地上人並みではあるんだから。

カウンターの向うでマダムが戸惑いの表情を隠し切れないまま微笑みかけている。どうだい、私たちの冗談は面白いだろう?

——ちょっと二人だけで話したいね。

彼にそう告げるそばから、うわずった声の女が悲鳴ともよがり声ともつかぬ調子で歌い出した。バーを出ようとする私たちにマダムは「意気投合ね」といった。

ドアの外ではびんが割れる音、ローギアで狭い道路を疾走するタクシーのうなり、ゲーム・センターから漏れるICの合唱、はしご酒のグループの笑い声……誰もが鳴らし、誰も聞かない音のみなし子たち。

——うるさいところだろう、地上は。

——そうでもないですよ。天上もこんな感じだったじゃないですか。

——そうだったかなあ。天上の音はもっと調和があったよ。地上のようにどの音もてんでんバラバラってことはなかった。

——ぼくの耳がおかしいのかな。地上の音も美しい和音に聴こえるんです。

街の喧騒が美しい和音に？　彼はまだ天上にいるようなつもりで地上の音を聴いているのだ。天上の耳はいかなる騒音もハーモニーとして聴き分けることができるからな。私が持っているのは紛れもなく地上の耳だ。もし、現在の私が天上の音を耳にしても、妙《たえ》なる調べなど何処にもないと文句をいうのがオチだ。地上の耳には天上の音も騒音にしか聞こえないだろうから。

タクシー乗り場の新陳代謝は活発で、五分もすると、私たちを乗せた車は私の巣箱へと向っていた。

——今夜の宿は私に世話させてくれ。君に聞いてもらいたいことが山ほどあるんだ。

——先輩は今どんな地上人なんですか？

——そうだな……今は、あそび人とでもいっておくかな。

タクシーは地面の皮をつまみ上げたような陸橋をいくつも渡り、しゃっくりするように前の車を追い越しながら、都心を離れてゆく。二十分もすると、車は巨大な壁の影に入ったところで止まった。

——何ですか？　あれは。

まわりの住民はこの壁を〝軍艦マンション〟と呼んでいる。地上二十一階建の軍艦の最上階に私の巣箱はくくりつけられている。

広大な砂漠の一点に直径一センチの穴を掘って住みつくサソリのように、地上人は誰しも箱を作って住みついている。そして時間がくると、箱から出てゆき、再び間違うことなく戻ってくる。自分の不自由さをいささかも嘆くことなく働く彼らの姿に私はつい同情したくなる。しかし、今や私も彼らと同じ身の上。死ぬまで続く死ぬほど退屈な繰り返しの中で生きている。天から落ちてきたばかりの頃は、この繰り返しは私に科せられた拷問と考えていた。地上人の生活は天上の感覚からすると、苦痛をせっせと生産する工場のようだった。悪循環そのもの！　しかし、巣箱での睡眠が地上人に一瞬だけ天国を味わわせる。

部屋に入るや、彼は呟いた。

——ずいぶん狭いところに隠れてますね。

——私の家さ。けっこう贅沢な方なんだぞ。昔は段ボール箱の中で寝ていたこともある。君は夢というのを知ってるか？　地上にしかない現象だが、最も天国的な体験ができるのさ。全てが悪循環の中にある地上で、唯一悪循環を免れる一時なんだ。ここは夢を見る場所だ。夢の中の地上人は意志を持った空気のように自由だ。時にはひどい目にも遭うがね。まあ、明日からの地上生活のために英気を養うことだ。早速、君は重力との格闘という試練にさらされている。

——確かに。それにしても、重力って疲れるものですねえ。地上人はよく耐えてるなあ。

——彼らも疲れるのさ。重力に逆らうのは大変な労働だよ、だから、夜になると彼らは家に帰って眠る。地上の原理を忘れ、その夢限りの天使となって、飛んで行っちまうためにね。

　私はガウンに着替え、彼にはトレーニング・ウェアを貸す。冷蔵庫からシャンパンを出し、ヴェランダの窓を開けて、コルクのロケットを発射した。泡立つシャンパンをグラスになみなみ注ぎ、彼に手渡す。私はグラスの脚を指で持って、夜空をシャンパンに透かして眺めた。

——こうすると、シャンパンの泡が星になる。

——変わった酒ですね。おや、今夜は満月だ。

——そうか。仲間が落ちてくるところが見えるかな。

　私たちは笑いながら、互いの顔を見合わせ、天使の面影を探そうとした。

——先輩は何歳ですか？

——四十一歳。落ちたところにいた連中が中年ばかりだったのでね。君はいくつ？　名前はもうあるのか？

——まだ、年齢も名前も国籍もありません。

——慎重に考えた方がいい。一度、決めるともう変えられないぞ。

——自分で決めなければならないんですか？

——もちろん。普通はアドバイスしてくれる先輩と出会うことなどないんだから。君はどんな地上人になりたいんだい？
——音楽といつも一緒にいられれば……
さっきのバーで客の反応を見ただろう。音楽は夢とともに地上と天上を結ぶ絆なんだよ。
——だろうね。君は音楽を商売にすべきだよ。その耳、その声なら、絶対にうまくゆく。
——実をいいますと、先輩、ぼくは自分からすすんで地上に落ちてきたんです。地上には
どんなサウンドが流れているのか、この耳で確かめたかったから。
——後悔しないことを願うよ。地上を甘く見るとろくなことはないからな。
何らかの目的を胸に秘めて地上に落ちてくる奴がいるなんて、私は内心怖ろしく、半ば
あきれていた。彼は罪を犯していない身で、その罰を物見遊山で味わうつもりなのだ。時
代は変わった。私なんて惨めなもんだった。天上にあって、地上人となり果ててしまった
のだから。もともと、姿も過去も、年齢も名前も持たない天使が意志や記憶を持ち、論理
を語り出すようになったら、もはや天使ではなくなる。天使は語らず、歌い、思い悩ま
ず、ただ生きる。宇宙の真理は無数の音、形、光、物質、流れそして、関係からなる。論
理を用いてそれらを語ろうとすると、たちまちその調和はくずれ、混乱する。混乱を司る
のは悪魔だ。自ら悪魔を呼び寄せてしまった天使は自由を失い、宇宙の真理とぴったりく
っついて生きることができなくなる。宇宙の真理は天使にも神にも説明できないほど複雑
だ。だからこそ、天使も神も宇宙と一体となって生きるより術はない。意志や記憶を持つ

暇などないのだ。もし、意志や記憶を持った時、天使は病気になる。神に至っては、発狂してしまう。神は決して、真理を語ろうとせず、語ろうとする者を戒める立場にいるからこそ神なのだ。ちなみに私は神の姿も声も見たことはない。神なんてものには興味もなかった。天上の論理は悪魔の論理、すなわち悪循環を排除することで辛くも成立していたといってもいい。

——天上ってどういうところなの？

こんな無礼な質問をする地上人に対して私は地上の言葉でこう答えて差し上げる。

——海みたいなものさ。天使は泳げないイルカのようなもの。

私は天国のイルカより地上の天国学者の方が性に合っていた。昔より天上と地上の距離が短かくなったから、私のような特異体質が生まれたのだろう。最近は堕天使の数が中世の頃の何と二十倍もいるという話だ。その中には自らすすんで地上に落ちてくる冒険趣味の奴もいる。

私は天使の能力を悪魔に売り渡した時から、天上生活が退屈でたまらなくなった。宇宙の真理をそれこそ自分の意志と経験で作り変えてやりたかった。それが誤解であろうと、浮説であろうと構うものか。むしろ、そういう地上的、地獄的解釈こそ天使や神は耳を傾けるべきではないか、と思ったのだ。宇宙の真理は不変だと信じる奴の方が実は傲慢なのだ、と証明してやりたかった。それが私にできる唯一の神への恩返しだ。私は宇宙の真理を地上の論理に翻訳するのがうまかった。いうなれば、天上にあって、地上人たちのよき教育者だったのだ。だから、地上に落ちてきて初めて、私は教師としての本分を発揮できる。その意味では天上追放を神の恩寵として有難がるべきなのかも知れない。

しかし、いくら地上の論理で語っても、それが論理であり続ける以上、誤解の壁を越えて地上人を理解に導くことは絶望的だった。論理より共感だ。共感し合うには相手と同じ立場の者になる必要がある。啓蒙しようとするのではなく、彼らと共感し合える場所を作ること、論理や腕力で争うことなく彼らとともに地上に天国擬《もど》きを築こうとすることが堕天使の仕事だと気づくまでに五年かかった。

彼は好奇心に扇動されて地上に落ちてきたらしいが、私にも彼に劣らぬだけの好奇心があった。さらに確かな見通しも持っていた。天上での長年にわたる私の地上研究はこんな結論を出した。

やがて、天国は地上に降ってくる。

私は確信犯として重力の枷をひきずっている。いうまでもなく、これは終身刑だ。刑を軽くするためには、努力して優秀な地上人になるほかない。そして、優秀な地上人が天国の落下を早めるのである。

――先輩、また考え込んじゃって。

――どんどん飲め。酒は、たくさん飲めば別人になれるといわれている水だ。

——それじゃ、もっと違うタイプの地上人になりたい時に飲めばいいんですね。それはそうと、先輩が地上に落ちてきた頃の話を聞きたいな。

　私は窓を閉め、ソファに深々とうずくまり、目を閉じた。私が落ちてきたのは三日月の夜だった。三日月の二本の角がやけに尖《と》がっていたのを覚えている。

——私は君みたいに都心の盛り場に落ちたわけじゃない。あそこは人っ子一人いない雑木林だった。私は地上人が現れるまで蜘蛛の巣のように枝にへばりついて待っていた。一ヵ月と十日だぞ。さすがにしびれを切らしたが、短気を起こさなくてよかった。あとで知ったんだが、そこは野生の鹿と猿しかいない無人島だった。私はあやうく、猿か鹿になっていたところだ。海に落ちていたら、イルカになっていただろう。島の周囲にはなぜかイルカが群遊していた。いやあ、私はイルカにもならなくてよかったよ。あのあたりの海ではイルカが漁師の目の敵にされていたんだ。イルカと人間は同じ魚やイカを食べるのでね。運が悪ければ、ヤスで突かれるところだったよ。神の使者という意味のドルフィンも日本じゃ海の豚だからね。結局、私はその無人島の近くを通りかかった漁船に飛び移って、漁師の一人となった。甲板には水揚げされたイカや鯛に混じって、イルカが三頭、血だらけになって横たわっていた。海に落ちた天使のなれの果てを見るようでつらかったよ。全く、昔の仲間をヤスで突く人間になり変わるなんて……

——皮肉な話ですね。

――わかったような口利くんじゃないよ。君なんか単に運がいいだけなんだから。

出漁の時四人しか乗っていなかった船が五人の漁師を乗せて、港に帰ってきても、漁師や村民たちは私をいぶかりもしなかった。いつの間にか私は村のおばさんに「海比古《うみひこ》さん」と呼ばれる中年男になっていたのだ。あの時、すでに四十一歳。十年たった今も四十一歳。私は死ぬまで四十一歳だ。

――私は民宿の一部屋に間借りする独身の漁師という身分を与えられていた。君は幸い、赤の他人ばかりが集まる場所に落ちたから、名前も職業もないんだよ。大抵は自分の好みなど云々する暇もなく、何者かになってしまうんだ。

――ぼくはよっぽどツイてたんですね。

――そうさ。何者でもないし、第一若い。

私はイカ釣り名人の海比古として、二ヵ月過ごした。やはり私にはイルカは殺せなかった。やがて、その漁村を去り、より多くの人間が集まる場所を探してうろついた。といっても、見通しがあるわけでなし、自分の希望があるわけでもなかった。私が十八歳くらいであればまだしも、永遠の中年に、夢見る青二才の役がこなせるだろうか？　街をうろつく私の姿は浮浪者か、記憶喪失者さながらであった。何度となく制服警官に職務質問された。そのたびに私は漁師という職業に舞い戻った。出稼ぎの漁師……これが最も通りのいい身分だった。

やがて、お金も使い果し、私は運送会社で働くことになった。漁で鍛えた甲冑《よろい》のような体を持った私は力仕事なら二人分はこなせる。具合のいいことにその運送会社は運んだ荷物の数に応じて賃金を払っていた。怠惰こそ最大の罪であるという地上の原理に忠実だった。それを空しいと感じるほど、地上的な悟りを私は開いていなかったから、一日十三時間は働き、月四十万円の給料をもらっていた。堕天使の仲間かも知れないイルカを殺して稼ぐ商売よりどれだけましか。

——君はお金がどういうものか、わかっているか？　地上では命の次くらいに大事なものらしいんだが。

——紙に人の顔と数字が印刷されているものでしょう。何にでも化けるという……

——そうだ。それ自体は何の価値もないが、人間を動かしたり、殺したり、狂わせたりする力を持っている。しかも、誰も欲しがらない者はいない。お金さえあれば、自分に様々な価値を与えることができるし、他人との絆を深めることもできる。天上での〝愛〟に当るものは地上では〝お金〟だったりするんだな。だから、金持ちになるに越したことはない、と私も思ったんだ。

一年後、私は東京にやってきた。そこでお金がどのように流れているかを調べた。お金の流れがわかれば、地上世界の構造は一目瞭然だと思ったからだ。私は経済学を学び、お金が流れる出入口に仕事先を求めて、証券会社や保険会社、広告代理店などを転々とした。私のホワイト・カラー時代はその後五年間続いた。私は落ちたとはいえ、元天使だ。勘のよさと仕事の呑み込みの早さは常に並みの人間以上だった。私は何処のオフィスにいても、切れ者として通っていた。最初は永遠の失業者のような顔をして、オフィスの片隅でワープロを打っている。アルバイト期間中にその会社の経営メカニズムを把握し、新企画の具体案を作るくらいのことはたやすい。私はこっそりとその企画書を部長のデスクに置く。三日後にもう一つ、さらに四日後もう一つ。私は大抵、一週間後には本採用となる。

サラリーマンだった頃の平均月収は百万を下らなかった。個人でも株式投資を始め、それがことごとく成功し、たちまち私は外車を二台持ち、都心にマンションを構える高額納税者となった。地上では私のような者を成功者と呼ぶ。自然と私のまわりには女性や追従のうまい連中が集まってきた。世界はお金という神を中心に回っていると信じている連中だ。私は彼らが天国をどういうところと考えているか知りたかった。お金でどういう天国を作るか、見てやろうと思った。まあ、殆どは怠惰でいられることがすなわち天国だと考えていた。そして、怠惰が退屈を呼び寄せると、決まって、飽食、暴力、セックス、麻薬に走り、自分を額面以上に見せようと、飾り立てる。全く判で押したような快楽しか思いつかないのだ。

自分の力で成功者となった者も大して変わりはない。ただ、成功者は怠惰を最大の罪と考え、地上では天国も地獄も隣り合せだと知っている。彼にとっては、天国も地獄も地上にあり、その時の気分によってどちらにも変わる。これは地上生活十年の私の認識でもある。

私は七年目にサラリーマン生活にピリオドを打った。天使にとって繰り返しは不吉だ。同じことを長く続けていると、周りの人間に胡散臭がられる。天使は常に何かになり変わっていなければならない。私は元天使としての矜持だけは地上でも守ろうとしていた。地上生活はすなわち、天使が見る永遠の悪夢だ。この矜持だけが、この元天使の記憶だけが、私の処世を司ると信じていた。

私は地上人に天国とはどういうところか、天使とはどういう存在かを地上の感覚で説明する者になった。そういう私は僧侶とか宗教学者とか詩人などと呼ばれた。私の教育によって、多くの地上人が天国に対する明確なイメージを持つようになれば、それだけ天国が降ってくるのが早くなる。そして、堕天使の数が増えれば増えるほど、地上と天上の距離は狭くなってゆく。

私は二度と天上へは帰れない。だからこそ、天国を地上に引きずり降ろさなければならない。これは堕天使の怨念に過ぎないと神はいうだろう。しかし、私は地上生活の悪夢の合い間に堕天使の楽園を夢見たいだけなのだ。夢など見る必要のない天上の天使だって、地上に落ちてくれれば、私と同じ理想を夢見るはずだ。

——天国が地上に降ってきたら、どうなるんです？　あなたはどんなありさまを夢に見たんですか？

彼はあくびをしながら、たずねた。私は本棚から本を三冊取り出し、彼に手渡した。

——私が書いた本だ。そこに大まかなことは書いてある。持って行けよ。ただ、読む必要はないだろう。いずれ、君も私と同じ夢を見るだろうから。もうすぐ夜明けだ。他人の昔話を聞くのも飽きたろう。ベッドを貸すから、夢というのがどんなものか味わってみろよ。

——どうすれば夢を見られるんですか？

私は彼の肩を抱き、ベッドまで連れてゆく。ちょうどシーツを取り換えたばかりだ。

——さあ、横になって目を閉じるんだ。そして、自分の体のことを忘れて、暗闇の中の空気と一体になれ。君が眠るまで、そばにいてやるから。地上での最初の夜だ。いい夢を見ろよ。

その晩、私は地上での苦い処世術を語りながらも、実にハッピィだった。私の部屋のヴェランダに天国のかけらが落ちてきたかのように。私も久しぶりに夢の彼方に向って離陸したかった。彼が寝つくと、私は薬を浸み込ませた紙を一切れ呑み込み、カウチに横たわった。少し疲れていたが、眠気はなかった。

やがて、顔に甘い匂いのする微風を感じた。風は次第に強くなり、私の髪を逆立たせ、ガウンのすそをはためかせた。窓は閉まっている。どうやらその風は部屋の中で起こっていた。そのうち、風がかすかにピンク色に染まり、流れが目に見えるようになった。彼が寝ている部屋からだ。色と香りのついた風は呼吸しているように吹いたり、止んだりし、壁やテーブルにぶつかっては複雑なうねりとなった。突然、カウチの下かららせん状によじれたつむじ風が湧き上り、私の股間にもぐり込み、私のペニスを撫で回した。つむじ風はなおも強く、太くなり、シャンパンの空きびんや時計、本やスタンド、クッション、置き物なども巻き込み、ついにはテーブルや私が横になっているカウチまで宙に浮かせた。私の体はペニスを軸にして、ヘリコプターのプロペラのように回り出した。私は舞い上るカーテンにしがみつき、窓を開けようとしたが、鞭の尻尾も同然、床や天井に打ちつけられた。それでも必死に窓に手を伸ばしているうちに私の体はガラスを突き破って、外に飛び出した。私はカーテンの端切れを握りしめたまま、地面にたたきつけられる、と思いきや、夜空に不思議な軌跡を描きながら、蠅のごとく飛び回っていた。いや、飛んでいるのではない。でたらめに描いた一筆描きの曲線のような巨大なストローの中に私はいて、何処かに吸い込まれてゆくらしかった。

あちこちに打ちつけられ、あれこれにぶつかり、私の肉や骨はおろし金ですられる山芋のように少しずつちぎれていった。そして、とうとう二つの目玉だけになると、ストローの中から広々とした空間に出た。暗闇からいきなり太陽の間近に連れ出されたようだ。まぶしいどころか、目が溶けてしまいそうだった。

——早くしろ！

太陽が叫んでいた。ふと下を見ると、荒れ狂う海だった。白い波濤《はとう》から次々と天使が生まれてくる。ものすごい数の天使の大群。海と見えたものは実は空だった。波濤は雪のように降ってくる天使だった。上を見る。格子縞《こうしじま》の模様が見える。どうやら、都会の雑踏のようだ。オーロラの端切れのように微光を放つ天使の大群は上に落ちてゆく。やがて、透明な私の体にオーロラが何重にもまとわりつくと、重力がまともにのしかかり、ものすごいスピードで上に落下していった。

地球がまるごと太鼓と化したような大音響が響き渡る。車もビルも犬も人間も等しくバラバラの破片となって飛び散り、オーロラをまとった私の体に突き刺さる。私の体は青白い閃光を放ちながら、得体の知れない破片とともにドロドロに溶け、極彩色の砂粒となって、地上に降り積もった。

風が吹き荒れる。地上に堆積した砂はその風の流れに呼応して、砂の川となった。そこには天使も人間も私もいなかった。見渡す限り、砂漠だった。けれども、砂粒となった人や天使がサラサラと流れていた。風に乗って砂は移動し、ぶつかり合い、前進しながら後退し、混ぜ合わさり、塊になっていた。そして、風と砂が流れる音が通りや広場のざわめきに化けるのだった。

――いい女がいるよ、旦那！

――あたしと二人だけで愛を語り合わない？

――どてっ腹ぶち抜くぞ。

――あんたがアニマルベイビーか？　ジルの紹介だ。例のやつを売ってくれ。

――マダム、何か落としましたよ。

――私は昔、弁護士でしたが、薬で神経をやられてから、コメディアンに転向したんです。

――先輩！

何処からか耳に親しい音楽が風に乗って飛んでくる。これは何という曲だったか？

――先輩！

彼の顔が目の前にあった。いつの間にか私はカウチに横たわっていた。そういえば、薬を飲んでまどろんでいたのだ。外はすでに明るくなっていた。

――何時だ？

――十時五分です。音楽が鳴っていますよ。

いつもラジオのタイマーを十時にセットしておく。十時から『音楽の宇宙』という番組の再放送が始まるのだ。

――私が好きな音楽番組だよ。君はよく眠れたか？

――ええ。でも夢というのはどういうものかわかりませんでした。私は暗闇の中にただ浮いていました。

――そうか。まだ君の意識は天上にあるからな。私は天国が降ってくる夢を見たよ。

――よかったですね。……先輩、いろいろと有難うございました。ぼくはこのまま出てゆきます。

――もう行ってしまうのか？　この部屋でしばらく暮らしてもいいんだよ。私はちっとも迷惑ではない。

――気持ちだけを受け取ります。先輩はきょうまでずっと一人だった。ぼくも堕天使の誇りに賭けて一人でやっていきます。先輩が書いた本をいただいていきますね。

――名前は決めたのか？

――いいえ。まだです。

――私に名づけさせてくれないか。

――ええ。喜んでお願いしますよ。

私は彼に持たせた本に自分の名を入れ、一分ほど考えてから彼の名前を入れた。

ドルフィン・砂川様。

――こうしよう。これは歌手としての君の芸名だ、年は十八でどうかな？

――けっこうです。ぼくはドルフィン・砂川。十八歳ですね。

――もうちょっと待ってくれ。
私は机の抽《ひ》き出しから現金を十万円ほどと、夜中に私が飲んだ薬を四回分、彼に手渡し
た。
――地獄の沙汰も金次第というからな。お金は持っているに越したことはない。それから
この薬だが、君が天国にノスタルジーを覚えたり、地上の出来事を一切忘れてしまいたく
なった時に飲むといい。ただ、そばに他人がいる時には使ってはいけない、いいね。
――いろいろと御親切に有難うございました。
――礼はいらない。また何処かで会えるといいな。
ドルフィンはつぶらな瞳に精一杯の愛敬をたたえながら、部屋を出て行った。私は彼が
寝ていたベッドにもぐり込み、落ちたての天使が残していった余韻を全身で吸い込もうと
した。私はシーツや枕にかすかに浸みついた天上の匂いに全身がゆるむような懐しさを感
じながら、思った。
もう天国は地上に降り積もっているのかも知れない。
私は窓を開けて空を見上げる。その日は曇りだった。去ってゆくドルフィンの後ろ姿が
見える。あいつ、何処へ行くつもりだ。あいつが知らないことを何で私が知っている？
迷うがいい。迷宮は人間の故郷だ。人間には目的地などない。そういえば、彼に恋愛を教
えるのを忘れた。まあ、あの顔とあの声があれば、女もゲイも寄ってくるだろう。ロッ

ク・スターなんてお似合いかも知れない。

何となく、いつもと町の音が違って聞こえる。いつもは放送が終ったテレビのさざ波に似た音が聞こえてくるだけなのに、けさは千台のパイプオルガンがいっせいに鳴り響き、それぞれがある規則でよじれ、交わり、共鳴し合い、壮大な交響曲となっているようだった。ヴェランダから見える無数のビルが独自のメロディを響かせているのだろう。

# アルマジロ王

# 1　アルマジロ王の誕生

## I

――物騒な世の中の方が面白いに決まっている。

口癖でこんなことをいう友達がいたが、彼はニカラグアで流れ弾に当って死んでしまった。それ見たことか、贅沢な青春の見返りが犬死だ。物騒な世の中に生きた経験もないのに、ゲリラや盗賊が横行する国に出掛けていく。エキゾチズムには手痛いしっぺ返しがつきものだ。しかし、彼にいわせれば、予定調和のぬるま湯でのぼせるよりは冷水を浴びる方がましか？

幼な馴染みの彼は、野武士のような顔つきと喧嘩の強さゆえゴジラの異名を取っていた。本名は佐伯《さえき》彰《あきら》といい、元全学連書記長の長男だった。ぼくの父は商社マンで、ぼくが大学受験の年、ニューヨークに転勤になった。このチャンスを利用しない手はない。日本の受験地獄を優雅にまたぎ越してやろうと家族とともにニューヨークに渡った。アメリカの大学一年生になれば、こっちのものだ、とぼくは自分の知的水準に根拠のない自信を持っていた。佐伯はぼくを羨ましがり、自分もその手でいきたいと、便乗するようにNYUの入学手続きを取った。

中学、高校と別々の学校に通い、住まいも離れていたが、ぼくたちは腐れ縁とは違う絆で結ばれていた。同じ退屈さや窮屈さを共有していた。もっと自由な日本人になるにはどうしたらいいか、よく二人で冗談半分に話した。高校一年の時、『次期天皇は選挙で選ぶべきだ』と意見が一致し、プラカードを掲げて、一月二日に皇居に行く約束をしたが、二人とも偶然軽い風邪をひいて家で寝ていた。電話で「風邪だからしょうがないね」と慰め合った。

日本人には天皇も日本文化も必要ない。ただ個人として生きていればいい。……行動はともなわないものの、この頭でっかちの個人主義はぼくたちの倫理でもあった。

ぼくはNYUで中国史の勉強をするつもりだった。特別な理由はない。一人のオリエンタルとして、四千年に及ぶ流血と混血の歴史の世界に馴れ親しんでおいた方が後々のためになると思っただけの話だ。ぼくは中国の未来に漠然とした期待を抱いていた。今でこそ日本は経済の大東亜共栄圏を築いたかに見えるが、それだってそう長続きはせず、いずれ中国の脅威の前に日が昇らぬ日出《いず》る国にならないとも限らない。今のうち、中国人に化けられるように訓練しておこうと思ったのである。日本人がコンプレックスを抱く二大国、アメリカと中国に渡りをつけておこうというわけだ。ぼくはそんな自分が利巧だと信じて疑わなかった。甘い読みだったな。ただの利巧は何の役にも立たない。実際、エキゾチズムの一線を越えるのは並大抵のことではない。スパイの訓練も受けずに外国人になり済ますなんて不可能だ。日本人に化けた北朝鮮のスパイは今頃何を考えているだろう？　ぼくはスパイでも愛国者でも亡命者でもないが、口だけの個人主義者として、彼らが見る悪夢とよく似た悪夢にさいなまれることになったのである。

佐伯はインターナショナル・ハウスのドーミトリーに住み、夜毎アメリカ人の女の子をベッドに誘っていた。経営学を学ぶはずだったが、殆《ほとん》どクラスには出席せず、「体でアメリカ人を感じることがオレの学問のやり方なんでね」と気取っていた。体験的に比較女性論を学ぶという意味か。東京では想像力をマスターベイションのために濫用していたが、ここではその必要はない。口説くのにシナリオなんていらない。正直にしたいことを申し込めばいい。時々、会うと、彼はいつも目の下に隈を作っていた。そして、毎回違う女の子の名前が出てきて、大同小異の印象を話すのだった。本当に嬉しそうな顔をして。ところが、ある時、ポツリとこんなことをいった。

——鯨だよ、あいつらは。体力が続かねえ。真珠湾を攻撃する前に日本の軍人はアメリカ人とセックスすべきだったんだ。これから戦おうという相手の体力さえ把握しておけば、あんな惨めな負け方はしなかっただろう。ひょっとしたら、アメリカ兵におカマ掘られるのを覚悟してたのかも知れないね。

あとになって、ぼくは彼のいったことが実感としてわかった。同じ学科のスージーがぼくのセックスフレンドになると、とたんにぼくの目の下にも隈ができるようになった。彼は水泳やボディビルで体力増強を図っていたが、ぼくはそれほどセックスには固執していなかった。上海《シャンハイ》出身の中国美人という空想上の憧れの的が別にあったし、みゆきという日本人の恋人もいたから、無理はしなかった。また、何処《どこ》かにおカマを掘られることを厭《いと》わない気持ちがあったのだ。

二年経つと、彼の体力増強プログラムは効を奏し、若干貧相な野武士のような彼の体軀《たいく》は中米の中量級ボクサーのそれのように逞しくなった。隈も作らなくなった。その代わり、余分な体力の捌《は》け口を求めて、バー・ホッピングに精を出すようになると、ねずみ算式に悪友が増えた。麻薬密売人やギャンブラーとも親しくなって、そちらの方に授業料を回すことが多くなっていた。

ぼくの父は名ばかりとはいえ、佐伯の身許引受人になっていた手前、彼に説教したことがある。その時は情なく縮こまって、明日から心を入れ換えますなんて心にもないことを抜かし、現に翌日はアトランティックシティに出かけ、捨て身の賭けに勝ったりするのだった。彼にはこちらの常識が通じない奇癖があって、賭けに勝つと本当に心を入れ換えるのだった。滞納していた授業料を払い込み、しばらくはクラスに真面目に出席し、図書館に通って、遅れを取り戻すのである。よくいえば、生活にメリハリがあったわけだ。これも体力増強の恩恵だろう。

　ぼくは地道というか、爺臭いというか、飲茶《ヤムチャ》に凝っていた。チャイナタウンに行きつけの飲茶館があった。一日置きに通い詰め、マネージャーとも親しくなって、キッチンに近い場所に指定席まで設けてもらった。ぼくはそこで読書したり、恋人と語らったりしながら、二三時間、時には五時間、つまみ食いを続けるのだ。あひるの水かきをしゃぶり、異民族に征服される気分を想像する。大根もちを頬張りながら、『紅楼夢』の主人公が生きた時代背景を調べる。ちまきの中の銀杏をつまんでは、紅衛兵の若造どもに自己批判を迫られたインテリの屈辱を思う。ぼくはディスコにもライヴハウスにも行かず、ひたすら飲茶館で中国史の無数のエピソードにのめり込んだ。佐伯のからかいももっともだった。

――おまえ、ニューヨークを上海だと思ってるんじゃないの？

　ぼくはピッツァにもハンバーガーにも寿司にもブラックジャックにもドラッグにも手をつけなかったが、人類が編み出したこの最高の食事形態については全三巻の論文を書くことができる。ぼくが佐伯の乱行に呆れるのとは裏腹に、彼はぼくの偏執狂ぶりに呆れ返っていた。

　大学三年になるまではまあ分別があったが、やがて佐伯の言動は少しずつおかしくなっていった。五十パーセントは彼の遺伝子の中のノイズによるもので、残り半分は麻薬のせいだ。ドラッグ・ディーラーとのつき合いのほかに、化学専攻の彼の友達が自宅のキッチンをＬＳＤの合成工場にしていた関係で、週に一回はドラッグ・パーティに参加していた。

――最近、時間というのが実感でわかるようになった。漢字だと時の間と書くだろう。まさにその〝あいだ〟にオレ自身が入っていけるようになったんだ。

――きのう、近代美術館《モマ》に行ったんだが、夜中にやったＬＳＤがまだ残っていて、自分もまわりの観客もみんな絵の中に吸い込まれちまった。セザンヌやピカソの絵の人物が廊下を歩いてるんだよ。

――部屋で鏡を見てたら、鏡の向うの自分が勝手に喋り出して、何いうかと思ったら、オレの前世はユダヤ系ロシア人の詩人で、流刑《るけい》先のシベリアで野垂れ死んだとさ。名前は難しくて覚えられなかった。

この男が幼な馴染み……それは悪い冗談のように思えた。ぼくは手遅れにならないうちにと、早々に最後の交換条件をたたきつけた。

――ドラッグをやめなければ絶交だ。シベリアでも天国でも鏡の向うにでも行っちまえ。金輪際、おまえの味方はしない。場合によってはおまえの天敵になってやる。

彼はぼくが思ったほどひどい麻薬中毒ではなかった。麻薬が切れるより金がなくなる方を恐れるくらいの抑制は効いていて、さも簡単そうに心を入れ換える。要するにいい加減な奴なのだ。彼はいつの間にか図書館に舞い戻っていた。そして、健康的に幻覚と戯れるためにタントラ・ヨーガを始めた。ぼくも彼のリハビリにつき合うつもりで、彼が見つけてきた導師《グル》の道場へ週一回通うようになった。

二十三歳の時、佐伯はコロンビア大学のイングリッシュ・スクールに遊学していた日本の某製薬会社の社長令嬢を妊娠させて、強引に結婚してしまった。可愛い子だったが、よく指輪やお金を盗まれ、何かというとすぐ泣く子だった。佐伯は彼女（彼はピヨちゃんと呼んでいた）のボディガード役を買って出て、画廊、オペラ、ショッピング、フランス料理のディナー、何処へでもつき添っていた。彼の比較女性論によれば、メキシコのセニョリータとのセックスが一番野性味があるということだが、日本女性については何も語らなかった。彼の結婚の動機は火を見るより明らかだった。

——日本経済帝国が世界に及ぼす影響力は我々が考えている以上に大きい。とりあえずジャパン・マネーが入ってくるルートを確保しておいて、それから何をするか考えても遅くはない。

まるで、ピヨちゃんがそのための人質だといわんばかりだった。彼自身はジャパン・マネーと自分のガッツを使って発展途上国の救世主にでもなるつもりらしかった。

ピヨちゃんはニューヨークで子供を産み、間もなく佐伯と一緒に日本に帰った。ぼくはニューヨークに留まり、中国史の勉強と飲茶館通いを続けていた。彼らの日本での生活は絵はがきでしか知るすべはなかったが、ピヨちゃんは一年後に二人目の子供を産み、佐伯は義父の会社の営業マンとなり、好成績を上げていたらしい。二十五歳の時、その褒美として、社長からメキシコ旅行をプレゼントされ、佐伯はその途中、一人でニューヨークに立ち寄って、ぼくと再会した。彼は若い頃遊び過ぎた中年のように変に悟った顔をしていた。ぼくはそれが気に入らず、「へえ、これが日本のビジネスマンの顔か」などとつい嫌味をいってしまった。彼は自嘲的につけ加えた。

――平和憲法と強い円を心の支えに生きる健全な日本人さ。

ぼくはちょうどその時、みゆきとの結婚を検討していて、来年には日本に帰り、大学に職を見つけようかなどと考えていた。両親もクイーンズの自宅を引き払い、東京に帰っていた。ニューヨークでは職を見つけられないことはわかっていた。白状すれば、ニューヨークの中国史学者の研究を日本に輸入すれば、それなりに日本の学会に認められると計算していたのだ。このビジネスマン的発想には東京へのささやかなノスタルジーもともなっていた。

佐伯は妻帯者の先輩としてあれこれぼくにアドバイスしながら、結婚自体は祝福してくれた。帰国の決心はぼくの精神状態を不安定にしていたし、論文執筆にも忙しく、彼とはろくに話ができなかった。二年見ないうちにお互いにどう変わったか確認し合うのは彼がメキシコから帰ったあとにしようと約束して別れた。結婚のお祝いに彼は中国人娼婦との一夜はどうかといったが、ぼくは気持ちだけ受け取っておいた。

それから二ヵ月ほど経った。佐伯はいつニューヨークに戻ってくるのか気にかけていたところ、東京のピヨちゃんから連絡があり、佐伯が行方不明になったことを知らされた。一ヵ月間、全く音沙汰がないという。メキシコの警察に捜索願いは出したものの、手懸りは何もない。神隠しに遭ったんだわ。彼女はそういっていた。佐伯は殺されるような男ではない。自分の意志で行方をくらましたのだ。ぼくは勘でそう思った。その時、アビシニアに旅立ったランボーのことを考えていた。彼は〝健全な日本人〟の皮を脱ぎ捨てたかったのだともっともらしい蒸発の動機を考えてみたりもした。しばらくのあいだ、佐伯は生きていて当り前と思っていたが、そのうち、やはり殺されたかも知れない、という思いが脳裏をかすめた。深く考えると、彼は完全に死んでしまう気がして、生存の希望をぼくが確固と持ち続けることで何とか彼を生かそうとした。その祈りを欠かさないために時々、ピヨちゃんに電話をして、彼女を慰めた。

蒸発するにせよ、自殺するにせよ、犯罪に手を染めるにせよ、理由が不明というのははた迷惑な話だ。ぼくたちの謎解きは十一ヵ月後に終った。彼がニカラグアに渡っていたことや、血液ブローカーだったことが彼の手紙からわかった。彼がピヨちゃん宛にしたためた手紙はぶっきらぼうな調子でこんなふうに書かれていた。

『一度死んでみたいと思った。失踪宣告を受ければ、自動的に自分は死ぬから、それまで逃げ回ってみることにした。しかし、いい加減くたびれたから帰る。この一年間は無駄ではなかった。オレは自分の常識も言葉も通じない異国ではみなし子みたいなものだった。みなし子になってみて、自分が何をすべきかよくわかった。ピヨちゃんには迷惑をかけて済まなかった。必ず埋め合せはするから許してくれ。子供は元気か？　大きくなっただろうな。オレのこと親父だなんて思うわけないよな。宇宙人みたいなもんだろう。

　ニカラグアでは反政府軍兵士《コントラ》が酒や女を買うために血を売るんだが、オレはそれを集めて日本に輸出する商売をやっていた。たぶん親父さんの会社にもコントラの血は流れていって、薬品に化けてるだろう。アメリカ帝国主義と日本帝国主義の片棒をかついだことに罪悪感もあるが、一応、オレなりの義理を果したと思ってくれ。帰国したらオレは日本に新しい政治体制を敷く運動を始めようと思っている。中米をさまよっているあいだに不思議な夢を見た。インディオに夢占いをしてもらったところ、日本には未来の救世主がいて、誰かに探し出されるのを待っているらしい。その救世主は時代の変わり目に現れて、人々の意識を変え、新しいモラルを世界にもたらす。オレの使命はキリストを探し出した東方の博士のそれと同じだ。人々の未来を左右する大変な役目を負ってしまったわけだ。

　救世主はオレの夢の中ではランスロットみたいに黒い甲冑《よろい》を身につけていて、顔は見えない。彼は誰もいない廃墟の街を疾走する。ちょうど市街戦のあとの廃墟に吹く乾いた風のように。彼はアルマジロ王という名前を持っていて、いつもは砂漠で暮している。砂漠は神々のふるさとだからな。彼の姿は特定の人の目にしか見えない。例えば、オレのように異国の地をさまよう旅人の夢枕に現れる。彼は神出鬼没で、まるで水や電波や光のように移動する。オレが最近見た夢の中では、アルマジロ王は新宿副都心の高架道路に立っていた。彼は甲冑のマスクを上げ、素顔を見せた。日本の中世の絵巻物に出てくる貴族のような顔だった。彼は誰もいない新宿の街を自転車で疾走し、姿を消した。オレはアルマジロ王が東京を去ってしまう前に何としても探し出す』

手紙には市街戦で廃墟となった街にたたずむ佐伯の写真が入っていた。ぼくはその手紙を読んで、ＬＳＤを常用していた頃の彼の言動を憶い出した。何がいいたいのか、さっぱりわからなかった。しかし、奇妙な確信に満ちた言葉はあっさり、幻覚と片付けられない深い意味があるようにも思えた。

ピヨちゃんはその手紙を気味悪がって、ぼくに相談してきた。彼女もてっきり佐伯が死んだものと思っていて、亡霊から手紙を受け取った、などといっていた。幼な馴染みのぼくは手紙の筆跡は間違いなく彼のものだと保証し、あまり喜ぶ気になれないでいるピヨちゃんを励ました。今まで彼が帰ってくると信じて待ってたんだから、何事もなかったように迎えてやりなよ、と。ぼくは二人のあいだに入って、調停役を務めるとも約束した。しかし可哀相なピヨちゃんはまたしても佐伯に騙された。これもまた彼の陰謀だったのか、このドンデン返しは残酷だ。流れ弾に当って死ぬとは！　結局、手紙がそのまま遺書になってしまった。

日本の新聞の社会面に佐伯の死亡記事が出た時、ぼくのショックはどんなだったか、憶い出せない。事実を冷静に把握しようとは思った。しかし、正直なところ彼の死にはリアリティがなく、ショックを受けるというより、夢で見たことを現実だと信じなければならない、そんな不安定な感じしかなかった。廃墟になったビルの前で笑っている佐伯の顔は幼な馴染みの佐伯の顔と何かが違っていた。女たらしのラテン男と武士の娘のあいだに生まれたような顔は確かに佐伯のものだったが、何かが彼に取り憑《つ》いている感じがした。彼が手紙の中で書いている『アルマジロ王』とやらが。アルマジロは動物園で見たことがある。中南米に住む哺乳類。いじめられるために生まれてきたような情ない動物だが、ひとたび、体を丸め、甲冑に身を包んだら、流れ弾に当っても死にそうにない。人間も進化の過程でもっといじめられていたら、背中の皮膚が甲冑のように固くなっていたのだろうか？

ぼくはピヨちゃんに代わって茶毘《だび》に付された佐伯のお骨《こつ》を受け取りにニカラグアへ飛んだ。幼な馴染みの最後の義理だ。ぼくの悲しみも彼の死に方もニカラグアの気候には似合わず、乾き切っていた。せめて、ピヨちゃんには佐伯の遺体と対面させてやりたかったが、戦死したアメリカ兵のようにドライアイスで冷して送り届けることはできなかった。

ぼくは彼のお骨が入った素焼きの甕《かめ》をマナグアに近い小さな町の役場のようなところで受

け取ったが、まっすぐニューヨークに戻る気になれなかった。腐るものでなし、甕をスーツケースにタオルでくるんで詰め込み、二日間と限ったうえで、生前の佐伯を知る人を探してみようと思った。

警察署や売血所、バー、ホテルを訪ね、佐伯の写真を見せて、知っていることなら何でも教えて欲しいと、五ドル札を握らせた。彼の顔を知っている人は多かったが、何をしている男かまでは構っていられない様子だった。何しろ流れ弾が飛んでくる物騒な町だから。それでも、彼と一度寝たという女に会うことができた。『ヨコハマ』というバーのウエイトレス兼娼婦だった。残念ながら、彼女の片言英語ではこんな印象しか伝わらなかった。

「サイキ？　ナイス・ガイ・ヒズ・ペニス・イズ・ベリー・ベリー・グッド・ユー・ノウ・ヒーズ・クレバー・アンド・リッチ・エブリ・ジャパニーズ・リッチ・ユー・ノウ」

ぼくはニューヨークに戻り、ピヨちゃんに佐伯の遺骨を渡した。その晩、佐伯はぼくの夢枕に立って、こんな話をしてくれたのだった。

佐伯は空中に張り渡された見えないロープの上に立っている。ぼくは彼を見上げている。

——よお、島田、オレたちはみなし子同士の仲だよな。でも、オレはおまえより先に自由になったぜ。ほらあれを見ろよ。

彼は虚空《こくう》を指差している。霧が煙っていて何も見えない。

——船が浮いてるだろう。オレたち、自由なみなし子が乗る船だ。船長はオレたちにとっては救世主さ。アルマジロ王とオレは呼んでいる。

もちろん、これは夢の中のぼくの意識が作ったもっともらしい佐伯のセリフだったのだが。

## II

佐伯が死んで、三ヵ月後、ぼくは二十七になった。いい加減、飲茶《ヤムチャ》にも飽き、六キロも余分についた脂肪を燃焼させるのに水泳を始めた。大学もNYUからコロンビア大学のマスター・コースに籍を移し、論文も書き終っていた。知り合いを通じて頼んでおいた就職の件もうまくまとまり、九年ぶりに帰国することになった。ぼくは東京に新居を構え、某私大の講師となる。正直、カルチャー・ギャップを怖れていた。九年間はぼくをアメリカ人にするには短かかったが、浦島太郎にするには充分な年月である。一番心配だったのはみゆきとの関係だ。ぼくたちはニューヨークの夫婦であって、東京でも夫婦を続けていける保証はなかった。弱気になっていたわけではない。彼女はぼくより心理的にも肉体的にもアメリカかぶれしていた。帰国三日前までニューヨークに留まることに固執したし、言葉の端々に「日本人のここが嫌い」という調子が滲《にじ》み出ていた。ぼくは日本人もアメリカ人も中国人も嫌いだ。何処の国民が好きかなんて考えたくもない。歴史は人間の憎しみ合いの形態を研究する学問だ、とぼくは思っている。民族同士、国家同士、家族同士、異なる宗派同士の憎しみ合い……それが歴史だ。あらゆる理由を総動員して憎しみを盛り上げることによって、歴史は作られる。「あなたは憎しみとは無関係みたいな顔をしている」とみゆきはいった。それは歴史と無関係という意味だ。みゆきはこうも言った。

——あなたはいいわよ。歴史の世界に浸って、現実を無視していられるんだから。

ぼくは歴史のエピソードを弄んでいるだけなのかも知れない。歴史そのものに関わることはないだろう。歴史を語る無言のナレーターといったところか。しかし、ぼくも生ものである以上、現実の面倒臭さにため息くらいはつく。彼女は文句ばかりいうわりには、東京での生活にすぐ適応できた。ニューヨークのアーティストの友人たちを日本に売り込む作戦を立て、その総司令官に収まった。運動神経がぼくとは違う。ぼくの方は頭が痛いことばかりだった。

自分の身の周りで起こっていることが全て自分を素通りしてゆく。あらゆることがぼくとは無関係に進行してゆく。そんな錯覚に悩まされた。……いや錯覚ならまだいい。例えば、学生同士の会話が秘教的な隠語のように聞こえ、全く理解できないということがたびたびあった。中国史の教授たちと食事をともにする。彼らは会話にぼくを参加させまいとしているかのように、ぼくの発言に何のフォローもしなかった。別に皮肉やイヤみを口にしたわけでもないのに、どうもぼくを無視したい様子だった。

ぼくは被害妄想を抱くことを恥じていたから、自然に振る舞おうとした。教授にも学生にも親しげに話しかけた。しかし、何の気なしにぼくがいったことが相手の気に障るようだった。抽象的な話をする時、つい英語を使ってしまう。どうもこれが彼らには耳障りだったらしい。ぼくの場合、専門分野の知見は英語でインプットされているので、日本語に置き換えるのに手間取ることがあった。「日本語は日本人に残されたアイデンティティの最後の砦《とりで》だ」と自説を披露する教授もいた。

考えてみれば、九年前、ぼくは英語にレイプされ、日本語よりも英語の方と深い肉体関係を結ぼうとしていたのだ。今やぼくの思考回路は日本語と英語の二つに分かれていた。ぼくの知っている東京ももはやなくなり、憶い出も日本語もぼくをぼくたらしめてはくれなかった。

――日本人ならちゃんとした日本語で話せ。

たまたま、東京に遊びにきていた日系アメリカ人の友達とバーで飲んでいたら、ぼくたちにこんなことをいう奴がいた。友達は日本人のルーツを持っているが、アメリカ人だ。日本人にこういわれるのが最もしゃくに障るとよくいっていた。彼は椅子を蹴って立ち、一席ぶってしまった。ぼくは彼の英語を同時通訳した。

――何語で話そうと自由ではないか。黒い日本人、白い日本人、日本語とも天皇とも日本文化とも関係のない日本人がいてもいいではないか。だいたい、日本語を話すオリエンタルしか周りにはいないなんて不気味だ。もっと、よそ者と交わり、レイプされ、緊張関係にさらされた方が健全だ。誰が日本のことを真剣に考えてるんですか？　少なくとも右翼じゃないね。政治家は自分の世渡りのことしか考えていないよ。お金でみんな丸め込めると思ってるさ。世界最強の円を貯め込んで、あとは何も考えていない。言論の自由の代わりにあるのは、騙し合いの自由じゃないか。お金と世間体を神の代わりに奉って、ヘラヘラ笑ってる。

運の悪いことに相手は右翼団体の幹部だった。同時通訳などしなければ、相手にはわからなかった。奴に殴られたのはぼくの方だった。友達は加勢してくれたが、かえって、事が大袈裟になった。逃げる間もなく、奴の子分が数人現れ、ぼくたちを取り囲んだ。

――私は暴力には反対だ。しかし、売国奴を放っておくわけにはいかない。じっくり話をしようじゃないか。国を守ることがいかに大切か教えてやろう。

ぼくたちは車で事務所に連れて行かれ、明け方までイデオローグと思われる男に何度も同じ文句を吹き込まれた。よほど、奴らも暇なのだ。ぼくたちは一人五千円の〝受講料〟を請求された。帰りたい一心で払ったものの、怒りは収まらず入口に停めてあった宣伝カーに鍵で傷をつけてやった。

「予想以上に日本はひどかった」といい残し、友達はニューヨークに帰った。一方、東京の住人であるぼくはその後、説教臭い思想的ヤクザにねちっこく脅迫され続けたのである。ぼくはみゆきに被害が及ぶのを怖れて、都心に安アパートを借り、一時的に彼女と別居することにした。

ケガレの日々が続いた。孤独を何かに強要されているようだった。これは佐伯の死と何らかの因果関係があるに違いないとぼくは考えたかった。この変な気落ちを癒してくれるのは佐伯しかいないと思うと、孤独感はつのるばかりだった。誰とでも友達になり、いいたいことをいっても憎まれないみゆきが羨ましかった。ニューヨークで対人関係を円滑にこなすテクニックを身につけなかったぼくはどんどん間の悪いものになり、無気力になっていった。死んだ佐伯に救いを求めることもできず、ぼくは苦し紛れにニューヨーク時代に習ったタントラ・ヨーガの瞑想を独習書を頼りに再開した。

しかし、考えれば考えるほど佐伯の失踪と死の謎は深まる。ぼくの意識の中で幼な馴染みの佐伯はめまぐるしく変身していった。精神錯乱の佐伯、革命を企てる佐伯、神がかりの佐伯……彼がぼくの解釈を拒絶する別人になってしまったのなら、それは習慣も言葉も信仰も違う異星人も同然だ。ぼくは一人の異星人を勝手に自分とよく似た奴と思い込んでいただけなのだろう。けれども、死は別の意味でぼくを佐伯により接近させていた。佐伯は彼岸からしきりにぼくを何処かへ誘い出そうとしていた。佐伯はしょっちゅうぼくの夢に現れては、アルマジロ王の話をした。ぼくは無意識にその話を聞きたがっていたのだろう。

ぼくには帰る場所などなかったに違いない。いつの間にか『さまよえるオランダ人』と同じ呪いがかけられていたのだ。それは佐伯にかけられていた呪いと同じだ。ともかく今まで通りにはいかない。ぼくもまた別人にならねばならないのだ。ぼくは東京での生活に馴れるのが嫌だった。波風の立たない予定調和の海に漂いながら、加速度的に老化してゆく。そんな自分を想像しては不快になる。やがて、「人生は空しい」が口癖になり、老化現象と美しく戯れるようになる。美しい日本のゾンビたちの礼儀正しい社交が日本文化ってやつなのかも知れない。

「やあ、人生は空しいね」

「全くだ。じゃあ、元気で」

佐伯はぼくよりこのことに気づくのが早かった。彼はまさに倫理の人だった。「人生は危ない」……これは倫理だ。

老化の不快そして孤独の不安はぼくの体を変えた。とりわけ前立腺を刺激し、誰とでも何処ででもセックスをするように仕向けた。みゆきはアーティストのエージェントとして忙しく飛び回っていた。ベッドをともにするにもスケジュールの調整がややこしかったせいもあるが、一人暮しはぼくを外へ外へと連れ出すのである。ぼくのペニスは放射能に興奮するガイガーカウンターのように正直に、通りを歩いていようが、仕事中であろうが、満員電車の中であろうが、反応するようになっていた。

——誰でもいいから相手が欲しい。

二億のおたまじゃくしたちのシュプレヒコール！　彼らはぼくの孤独の代弁者だった。砂漠をさまよっていても、寝る相手を求める精子。ぼくの可愛い分身、遺伝子たち！　ぼくは下半身の先導に委せて夜の街をブラブラさまよった。街の中に紛れたいい女を探し出すには敏感なペニスが必要だ。ペニスは時に目や耳や鼻よりも性能のいいアンテナになる。伸び縮みするこのアンテナは街の中で強い刺激を放つものに感応して、ぼくをそちらの方へと導く。

オーラを放つ女や男のいるところは確かに周りよりわずかに明るい。オーラが強ければ、百メートル離れていたって、ぼくのペニスはその刺激を感知できる。ぼくは半勃起状態のアンテナをポケットごしに押さえつけて走る。そして、目差す女（男の場合もあった）の後ろ姿を舐め回すように眺めながら、尾行を開始するのだ。ぼくは家に帰ることなんて考えなかった。名前も知らない彼女が行くところがぼくのその日の宿になる。ニューヨークでの長年の生活がこういうことを可能にしたのだと思う。実際、友達のアパートを転々と泊り歩くことが癖になっていた時期もあったから。

ここ東京ではアパートに帰ったって、中国史の本が並んでいるだけだし、みゆきがいる本宅へ行っても彼女は帰ってこない。帰ってきても、疲れ果てていて、眠るだけだ。それに、例の右翼団体の嫌がらせがエスカレートしていた。どうやって住所を突き止めたのか、一日置きに団員がぼくのアパートにやってきては、献金《カンパ》を要求した。ある時など、幹部自らお出ましになって、南京大虐殺は実際に起こらなかったと証明する論文を書け、というのである。破格の報酬を約束すると奴はいった。奴らの片棒担ぎなどごめんだ。自分を憂鬱にする連中に払う金や暇があったら、捨て犬や捨て猫にステーキをおごってやるし、桜の木に中国の歴史を語ってやろう。ぼくはのらりくらりと連中の嫌がらせをかわした。英語でブツブツ呟き、突然泣き出したり、連中を尻目に、奇怪なダンスをしながら交番のある方向に向って歩き出したり……。奴らにはぼくが精神異常をきたしていると思い込ませるつもりだった。

Ⅲ

帰国後半年ほど経ったある日、ぼくはむしょうにみゆきと寝たくなって、彼女のところで何日間か過ごすことにした。電話では一日置きに話していたが、裸になってお互いの耳許に口を寄せて話がしてみたかった。何の予告もなく、昼間に本宅に行くと、珍しく彼女は在宅していた。しかし、おまけ付きだった。彼女が売り込もうとしているアメリカ人のアーティストがやけにリラックスしてビールを飲んでいた。二人とも裸でなかったのは幸いだったが、男がぼくのカーディガンを着ていたのには腹が立った。

――どうしたの？　何か取りにきたの？

極めて平静に彼女はいった。いや、この場合は「冷淡に」というべきだろう。二人の憩いの時を邪魔する招かれざる客はぼくの方だった。夫が帰ってきたのにこの間男は全く動じない。既得権を持っているかのように。ぼくはみゆきが何をいい出すか気が気でなかったが、まだ彼女は自分の味方だと信じていた。

――Excuse me, it's my cardigan. Do you know that?

――いいでしょ、うすら寒いっていうから貸してあげたの。

「負けた」と思った。ぼくは、もうこの場ではみゆきの夫として通用しない身になっていることを思い知らされた。男はぼくに愛想がよかった。三角関係を友達の関係に置き換えようとでもするようだった。聞いてもいないのに自己紹介を始め、自分の作品を刷り込んだポストカードをぼくにくれた。彼は靴下を履いていなかった。みゆきはぼくにビールを注《つ》ぎながら、飲茶《ヤムチャ》の権威に何かつまむものを作ってもらえないかしら、といった。「ああいいよ」と答えながらぼくは動かなかった。

――今度、△×ギャラリーがニックの個展をやることになったの。凸凹商事の新しいビルのエントランスに彼の作品が永久展示されるのも決まったし、今彼は買いよ。

ぼくは会話にうわの空で参加しながら、みゆきの化粧していないつるんとした顔と電話に出る時のような一音うわずった声が気にかかっていた。トイレに立ったついでに寝室をのぞいてみた。ぼくはまさにここに帰ってきたかったのである。パンティストッキングがベッドの脇から垂れていた。ベッドが舌を出しているように。

ぼくは急用を憶い出した、とわざと下手な口実を作って本宅を去った。というより、間男に体よく追い出されたのである。なぜか全身が痺れるような快感があった。まるで、自分が犯されているような。網膜にみゆきの裸がフラッシュした。ぼくにはもう帰るところがない。もう何をしても誰もとがめないし、誰も迷惑しないのだと思った。何処をどう歩いたかわからない。道路、通行人、自動車、店、看板、駅、階段、自分の靴、自分の前髪、空、すずめ、電線、電話ボックス、全て目に見え、それらが出す音はみな聞こえていたが、連続性を失い、瓦礫《がれき》となって散乱していた。ぼくはその上を歩いている自覚もないまま歩く。パンティストッキング、右翼団体とのいざこざ、佐伯、みゆきの恋人、夢のお告げ、アルマジロ王……様々な想念が折り重なり、皺《しわ》くちゃになり、表裏一体になり、渦を巻き、頭の中を引っ掻き回した。それらのあいだには謎の因果関係があった。しかし、ぼくにはその因果関係の網目が見えない。カオスだ。ぼくの体がひび割れてきた。割れ目から何か漏れている。デ電波だ。それはぼくの意志とは裏腹に右翼団体の事務所に届き、ぼくの居場所を知らせていた。ぼくとすれ違う人は露骨にぼくを避けている。中には三メートル手前で迂回する人もいた。このままでは何かをぶち壊さないと気が済まない。

——もしもし。

背後から人の声がする。ああ、ぼくは捕まってしまう。精神病院に入れられるに違いない。ぼくを目立たないところに隠しておけと誰かが命令したのだ。逃げろ！　島田、逃げるんだ。おかしい、体が動かない。この非常時に金縛りとは……

——済みません。ちょっと私の話を聞いて下さい。

——新興宗教には興味がありません。

——いいえ、そういうものじゃなくて、そのう何といったらいいか、あなたには強い霊がついています。あなたの後ろ姿を見た時、ハッとしました。

——ぼくは今そんな話を聞きたくありません。それどころじゃない。

そういいながら、ぼくの脚は動かなかった。畜生、ウォークマンが欲しい。聞きたくないぞ。誰かぼくの耳におおいをしてくれ。この変なおばさんの口を塞いでくれ。

お人好しのおせっかいという感じだが、やけに目がすわった着物姿のおばさんはぼくの肩に手を置き、「この顔を見よ」とばかりに微笑した。なぜか、歩き方を忘れたように身動きが利かなかった。

——心配なさらず聞いて下さい。あなたに憑いている霊は守護霊です。悪霊ではありません。

——冗談はまたの機会にして下さい。

——あなたの守護霊が私を呼び止めたんです。

——そいつは喋るんですか？　やめて下さいよ。ぼくは怨霊だの守護霊だのは信じてないんです。そんなのを背中に甲羅みたいに背負ってたら重たくてしょうがない。

——落ち着いて、あなたに憑いているのはあなたが個人的によく知っている人の霊です。

まさか……金縛りが解け、急に体が軽くなった。

——そいつは誰です？

——あなたのお友達ですよ。仲がよかったお友達があなたの背中に……

## 2　心中

### Ⅳ

親切な霊能者がぼくを呼び止めなかったら、最悪の場合自殺していたかも知れない。今では佐伯の霊魂を甲冑のように身につけていることを全く疑っていない。不可解な因果関係はもはや謎ではない。全て佐伯の霊が仕組んだことだ。右翼団体の脅迫も教授や学生との確執もみゆきとの不和も、そしてセックスへの異常な渇望も佐伯の霊による工作だったのである。彼はぼくを失踪へと誘《いざな》った。ぼくに彼と同じみなし子としての未来を授けようとしたのだ。

ぼくは彼の意志を受け容れようと決心した。霊能者にいわれた通り、佐伯の過去の言動を一人冷静に憶い出そうとすると、彼の遺言、例の手紙の文面が記憶の水面下に浮かんできた。アパートの暗い部屋の湿ったベッドに横たわっていたぼくは、佐伯の姿が股間から湯気のように湧き出てくるのをこの目で見た。薬も飲まずに幻覚を見る才能がぼくに備わっていたとは意外だった。霊能者のおかげか？　タントラ・ヨーガを昔、齧《かじ》ったせいか？佐伯は火事場から命からがら逃げてきたように体中が焼け焦げ、どれが皮膚でどれが髪で、どれが服かもわからない状態だった。「やれやれ」といいながら、佐伯は玉ねぎの皮を剝《む》く要領で全身の皮膚をビリビリと剝《は》ぎ取って、風呂上りのようにさっぱりした姿を現した。

――島田、大分神経が衰弱してるようだな。オレにも覚えがあるぜ。そんな時は今までの自分をオーバーホールすることだな。おまえはこれから巡礼の旅に出ろよ。おまえの脚でみなし子の救世主アルマジロ王を探し出すんだ。オレはもう見つけたぞ。しかし、見つけた直後に死んじまった。ツイてねえよな、オレも。

佐伯はそういいながら、整理ダンスの中からぼくのシャツやズボンを出して、身につけた。そして、恋人とのデートに出かける調子で部屋から出て行こうとした。

――待てよ、何処へ行くんだ。おまえはぼくの守護霊なんだろ、勝手に出歩くなよ。

――心配するな。オレはおまえが身の危険にさらされた時には必ず戻ってくる。それよりアルマジロ王の託宣を肝に銘じておけよ。

明け方、ぼくはアルマジロ王の正体を垣間見た。佐伯の夢の中では甲冑をつけて疾走する貴人として現れたが、ぼくの夢の中のアルマジロ王は背中に何かを背負った赤い影だった。

夢の舞台は佐伯の遺骨を取りに行ったニカラグアの首都マナグアにほど近い村だった。赤いペンキの落書きがある崩れた壁の陰に佐伯が血まみれになって倒れている。熱帯の気候ゆえ、死体はせっかちに腐敗してゆく。熱帯では輪廻《りんね》転生のスピードも早いわけだ。火葬するのに板に乗せて運ぼうと死体に近づくと、全身から黄色い煙が立ち上っているのに気づいた。その煙はぼくの目の高さで渦を巻きながら、人の形をした雲になった。心もち猫背気味のその雲は音もなく歩き出した。歩いたあとはじょうろで散水したように水の帯ができていた。ぼくは持っていたタオルを歩く雲にかけてみた。すると、黄色い雲よりも輪郭のはっきりした赤い影になった。そして、熱帯の太陽の下、ぼくの短かい影の上に重なって消えた。その時、背中に寒気が走り、次の瞬間、全身がカーッと熱くなった。ふと、佐伯の死体に目をやると、両目からはゆりの花が、鼻の穴からはマッシュルームが、股間からはバナナが生え、口からは青い炎を出していた。

誰が喋っているのか、こんな声が聞こえた。

――おまえの孤独を癒してやろう。その代わり、私に姿を与えてくれ。おまえを守ってやろう。その代わり私の存在を信じよ。私は神でも悪魔でも仏でもない。おまえが今最も必要としているものだ。

これが佐伯がいうアルマジロ王の託宣なのだろうか？　とりあえず、そう信じる方が自分には都合がよかった。

ぼくは三日続けてムササビのように東京の上空を街から街へ飛び回る赤い影を夢に見た。目覚めている時もフッと赤い影がぼくの目の前をよぎることがあった。ぼくはその猫背の赤い影をアルマジロ王と呼ぶことにした。

ぼくは荷物をまとめ、アパートを引き払った。赤い影に導かれるまま巡礼の旅を続ける決心をしたのである。行き先はなかった。ぼくはバスや電車に乗り、時にはヒッチハイクをしながらあてどなくさまよう。これをぼく個人の宗教活動と見做《みな》すこともできるだろう。アルマジロ教とでも名づけて。ぼくはみなし子を救う宗教の誕生に立ち合おうとしていた。みなし子……砂漠で一人生きてゆこうとする者。

# V

　ぼくは自分が何処にいるか、今しがた落ちてきた隕石のようにわからなかった。今もこうしてヒッチハイクを続けている。しかし、巡礼のみなし子と好奇心旺盛なドライバーが出くわす確率なんて千に一つもあるまい。しかも、ぼくはキャリアーを引きずっている。たまたま千人に一人の物好きが車を止めてやろうと思っても、この大荷物を見て、意気阻喪するに違いない。そうわかっていながら、親指は自動的に動き、愛想笑いでアピールしてしまう。ともかく、ここでない場所に行くことがぼくの使命だった。それを使命と見做すのはぼくの気まぐれだった。この巡礼にはプロセスがない。ぼくは〝救済〟という物語に図々しく自分を当てはめたりはできない。ぼくにできるのは佐伯の失踪の謎を自らも失踪してみることで解読しようとすることだけだ。

　なぜかジープが止まった。どうせ道でも聞くんだろう、と半ば諦めかけたところ、窓からスッと細い腕が伸びた。少し遅れて手首にブレスレットが重なる。まさか、ぼくを手招きしているのか？　こんなことは初めてだった。

　チャンス！　ぼくはキャリアーと一心同体になって走った。ドライバーの気が変わらないうちに早いとこ、助手席にもぐり込まなければ……。ぼくは丁重に御礼をいいながら、ドアを開けると、女神は運転席で笑い転げていた。あっけにとられていると、女神は買物用のキャリアーを指差して、いうのだ。

——それなあに？　よく浮浪者が段ボールとか新聞紙とか入れて引きずるやつと同じじゃない。あんた浮浪者の真似してんの？

浮浪者がヒッチハイクなどするだろうか？　ぼくは今しがた仕事を放り出したセールスマンのようないで立ちだった。たとえ、ぼくが浮浪者だとしても、その稼業を始めてまだ三時間しか経っていないくらいには清潔であった。

——ちょうど、ナビゲーターを探していたのよ。荷物は後ろに積んで、早く乗って。あたしは房総半島の先端に向ってるの。これ地図ね。次は何処で曲るか指示してよね。

ぼくは急《せ》かされるまま車に乗り込んだ。

——いや、ここはどういう街なのか、と思ってね。前にも見たことがあるような気がして。

——似たような街は日本中何処にでもあるわ。

日本だけではない。アメリカでもよく見た。街自体が放心状態で、麻痺している。至るところでぽっかり口を開けた何にもない空間に乾いたムラのある空気が渦を巻く。街の住人も放心状態で、動物園の去勢ライオンのようにウロウロしている。何もやることはなくてもお腹は空くので、ハンバーガーとポテトを口に押し込み、コークで呑み込む。

この街の隙間から吹いてくる風は湿っていた。どうやら海が近いらしい。

さて、アルマジロ王、ぼくたちは何処に連れて行かれるんでしょうか。

地図を見て、この街が埋め立て地に生まれた新しい街だと知った。生まれた時からゴーストタウン？

——あんた何処へ行きたいの？　何か用事がありそうな顔してるけど。

——もう用事は済んだ。

——ふーん。なら、あたしと一緒に来てよ。海を見に行くの。一人で退屈してたんだ。あんたわりにハンサムね。乗せてあげてよかった。暇なんでしょ。暇な悪人ていないから安心だわ。でも疲れてるみたい。少し寝てもいいわよ。

よく喋り、よく笑う女の子だった。ぼくはヒッチャーの礼儀として、最初は物静かに、ドライバーのお喋りに上手に相槌を打つことに専念したが、一時間も乗っていると、そんな気遣いは全く無用だとわかった。陽灼けした腕や顔はリゾート島の太陽との激しいセックスを物語っていた。ぼくは直観した。この女は何が危険で、何が楽しいか、一瞬にしてわかる野生の動物だ、と。

——海が見たくってさ、血管とか膣とかうずうずしてるの。あたしは男だけじゃ駄目なの。海とか太陽からも栄養を取らないと病気になっちゃう。

——海は君の主治医なんだ。

――あっそれいい。あんたの主治医は？

――ぼくに必要なのは医者じゃなくて……

――でも、あんた今病気でしょ？

――そんなようなものかな。何しろ助けが必要な時に偶然、君に助けられた。

――助けてないよ。病院に行く？　家に帰る？

――君のお伴をしますよ。実は今引越中でね、家はないんだ。あの荷物は家財道具一式なんだ。

――簡単な引越！　ねえ、あんた精神病院から脱走してきたんじゃないの？　大丈夫？

――ちょっと落ち込んでただけさ。

――そう。なら海は最高よ。煙草ある？

――マールボロ・ライトでもいい？

――火点《つ》けてくわえさせて。

いわれた通りにする。女は今しがた出会ったばかりの男の唾液がついた吸い口を平気でくわえた。

――友達になれそうだ。

ぼくは精一杯の愛敬をたたえて、そっと囁《ささや》く。彼女はまた笑いを炸裂させた。

――友達？　なつかしい言葉……いつもはあたしが火を点けて、客にくわえさせるのよ。

あたし、マドカ。よろしく。

——それが仕事なのかい？

——煙草以外のものもくわえるわ。煙草より、もうちょっと太いけど。

——骨か。

——バカ、犬じゃあるまいし。あんた絶対精神病院から脱走してきたのよ。変なことばっかりいうじゃない。名前は何ていうの？

——サエキ・アキラ。

迷わず、守護霊の名を名乗る。今まで本名で通してろくな目に遭っていない。

——アキラ……同じ名前の男二人知ってる。何かホストクラブにいそうな感じだけど、あたしが知ってるアキラはねえ、一人は高校時代の同級生で、卓球部の子だった。今何してるかわからない。もう一人は友達の彼氏で、寿司屋の板前さん。あんたは？

——大学で中国の歴史を教えてる。

——へえ、頭脳労働者なんだ。あたしは肉体労働者。この商売、体が資本だから若いうちだけよ。体を売って稼いだお金全部遊びにつぎ込んじゃうから三ヵ月周期でゼロからやり直し。

——君は客を陽気にしてくれそうだ。

——陰気に遊ぶ奴なんてお断わり、あたしの体は太陽電池だから、暗いところだと元気がなくなるの。太陽をいっぱい浴びて、体を消毒しないといけないし。月は体に毒よ。マリオがいってたわ。マリオはあたしの昔の彼氏。イタリア人よ。マリオは満月になると、狂暴になっちゃうの。狼男って本当にいるのよ。知ってる?

何かに憑かれて、自制が利かなくなる……そんな一瞬は誰にでもあるはずだ。あの野郎を日本刀でたたっ切ってやる、機関銃で蜂の巣にしてやる、そうやって空想の中で始末をつけてからでなければ、眠れない夜が幾晩かあった。

アルマジロ王、ぼくはまだあんたのように悟り切ってはいないので、つい狼男に変身してしまうんです。突然、体中の血が澱《よど》み、逆流し始めるんです。やがて、目の前にあるもの全てに対する敵意が筋肉の一本一本の繊維から浸み出てくる。それがやがて沸騰し、皮膚の表面に泡となって浮き立つ。こうなったら、何かが壊れ、誰かが怪我をし、ぼくは気でも失っているだろう。水爆でも落ちるがいい。アルマジロ王、再びあんたがぼくの影となり、細胞となって現れるまで、ぼくはつかの間の死を眠ることになる。

マドカに出会うまでの一週間、ぼくは三時間おきに狼男になっていた。満員電車の中で、酔払いにからまれて、新聞記事を読んで、右翼の宣伝カーとすれ違って……様々なきっかけはあったが、どうやら、脳の混乱と極度の疲労がぼくを狂暴にさせるらしかった。

アルマジロ王が笑っている。背中を丸め、腹を抱えて、体ごと揺り籠みたいになって。

アルマジロ王はぼくが狼男になった日の夜、必ず夢枕に立って、目覚めたら、どの方向に向うかを指示してくれるのだった。ぼくは例の赤い影が飛んでいった方角を目差して、巡礼を続けるのである。

ジープは暗い杉の森に縁どられたコースを抜けると、波光の歓迎を受けるように影を落とすものが何もない広い道路に出た。彼女はそこでグンとアクセルを踏み込んだ。射精するように飛び出すジープに置いてきぼりを食ったぼくは背もたれにたたきつけられた。今夜は彼女と寝ることになるだろう。役に立つかどうか、心配だ。目を閉じ、これまでに寝た女たちの裸を思い浮かべてみる。シンディ、キャロライン、ハルミ、クミコ、スージー、ヘレン、イェンイェン、ソフィー、レイコ、ヤンメイ、タエコ、ヒトミ、ミユキ、みゆきが脱ぎ捨てたパンティストッキング……

ジープが止まった。なぜか、大漁の旗が風になびいている。水着姿の女の子がアイスコーヒーを片手に微笑んでいる白茶けたポスター。『フラミンゴ』と書かれたピンクの看板。そのコンクリート打ち放しの建物はドライブインだった。

——何、ボーッとしてるの？

マドカは車を降りて、軽い体操を始めていた。素足の足首に蜘蛛の糸ほどの鎖が巻きついており、銀の小さな蝶がもがいていた。彼女の歩く後ろ姿は溌剌《はつらつ》としてはいたが、ぶっきらぼうだった。体の肉の余った部分が女王にいやいやついていくみたいだ。

そのドライブインは地元の人が集まる司令本部のようだった。手前に四人、奥では三人の男たちがビールを酌み交わしていた。ちょうど真中に海の者と畑の者の境界があるらしく、両者は互いにうまくやり過ごしていた。一目彼らの顔や目つきを見て、ぼくは直観した。悪酔いしたり、気に入らない相手がいると、腕ずくで片をつける連中だ、と。早速、微風に乗って意味不明の笑いが漂ってきた。ぼくは胸ポケットにいつも忍ばせているスイス製の六徳ナイフを手で確かめながら、こちらも意味不明の笑いを彼らにプレゼントした。

刺身定食とビールを注文すると、マドカは頬杖をついた姿勢でぼくを凝視した。

——あんた、優しい顔してるね。

——平凡な顔さ。特徴がない。

——ぎすぎすしたところがないのよ。よく顔に性欲が出ている人がいるんだけど、あんたは何となくさっぱりしてる。

——そうかい。君は黒目が大きいね。つぶらな瞳ってやつだ。子供や動物は君と同じように黒目が大きいんだ。

——あたしたちの業界にはわりと三白眼が多いのよね、なぜか。やっぱり、お金のことばっかり考えると、三白眼になっちゃうのよ。あたしはお金より人間が好き。よくこうやって一人でドライブするんだ。あたし、誰とでも友達になれるみたい。素質なのね。だから、仕事でも男と寝るし、遊びでも男と寝るの。

司令室のいかつい男たちをたじろがせるマドカの笑い声。

——あんた、お金あるの？

——恥しいけど文無しだ。あつかましいとは思うんだけど、ぼくを召使いに雇ってくれると助かるんだけどな。身の周りの世話とか車の運転とか何でもやるから。

——そうね。旅行のあいだは面倒見たげるわ。その代わり、あたしのわがまま聞くのよ。

商談が成立した。別にぼくの目的はお金ではない。〝愛〟だ。それも見栄っぱりの女がよく口にする愛とも、地球を救ってくれるような偽善の愛とも違う、もっと厳しい愛だ。強《し》いていえば、みなし子とみなし子が出会った時に生まれる共通感覚《コモンセンス》だ。

「天空には無数の電波が漂っている。その中からみなし子電波だけをキャッチし、その導くところへ赴け。やがて、おまえはみなし子の救世主たる私と出会うであろう」

これはアルマジロ王の託宣である。

海を見ると、マドカは今まで以上に陽気になって、体ごとカーステレオと化した。ねえ、この歌知ってる？　あたしのテーマソングなの、といいながら、たった一人の聴き手のためにＤＪも歌手も兼ねる。歌ってくれるのはいいが、音痴のボーダーライン上の声だった。

マドカとぼくは暗くなる前にホテルにチェックインした。ツインの部屋からは海のオレンジ色のうろこを眺めることができた。七十年間、毎日朝から晩まで海を眺めて暮してきた男に会ったことがある。彼は漁師だった。たぶん、そういう奴は世界中にいるに違いない。そして、水平線の彼方にいる似た者同士と無言で睨《にら》めっこをしているのだ。見ず知らずの似た者同士のあいだには例のみなし子電波が飛び交っているはずだ。

——ねえ、すぐ食事に行こうよ。宿なしさん。

この野生児はガハガハ笑う。生まれた時からこんな調子だったのだろうか？　それとも何処かで野性に目覚めさすようなウイルスに感染したのか？

——あんたさあ、記憶喪失だったら面白いのに。あたしが勝手に記憶を植えつけてあげる。

## Ⅵ

——あたし前は大企業でOLやってたの。週末っていうと、あちこち遊び歩いてたわりにはお金が溜まるのね。デートでは男が払ってくれるしさ、自宅通勤だから生活費はかからないし……。でも夢を果すのに全部使っちゃった。会社を辞めてさ、バリ島に小さな家を買って住むことにしたのよ。お金がなくなったら、日本に帰ってきて、稼いで、また飛んでいくつもりでね。でももう真面目な仕事に戻るなんてできなかった。体が変わっちゃったのね。開き放しって感じ。恋人を求めて、永遠にさまよう運命なの。

——それでいい男っていたのかい？

——日本人にはいないかもね。ＯＬ時代のあたしだったら、サラリーマンでもよかったんだけど、今はもう体が変わっちゃったから。

——鯨みたいだね。鯨は大昔カバだったんだよ。一部のカバが海で生活するようになって、やがて進化した。それが鯨さ。だから、進化の途中の鯨には脚があったんだよ。

——嘘ばっかり。

——海の中の出来事だよ。何があっても不思議はないさ。だから、君は海が好きなんだろ。

太古、海はそれ自体スープだった。それを飲んだ人はいないが、この渡りガニのスープよりおいしかっただろう。なにしろ、太古のスープには将来、人や鯨が地球上に現れるために必要なエキスを含めて、無数のいかがわしいものが溶け込んでいたのだから。今もその名残りはある。無数の海洋生物、沈没船、潜水艦、核廃棄物、財宝、海底都市。

ワインのせいで口が軽くなったか、マドカはひとしきり笑ったあとこんなことをいった。

——いつも、思いっきりわがままな客の相手をしてるでしょ。職業柄、お姉さん役ばっかりなのよね。わかる？　最近の日本の男って、半分以上はマザコンみたいなもんじゃない。でも、恋人の女の子の方はわりと厳しくて、男にサービスさせるけど、甘やかしはしないのね。それで、皺寄《しわよ》せがあたしのところに回ってきたりするのよ。大の男が髭面《ひげづら》にお しゃぶりくわえて、『お姉たま』とかいって、あたしににじり寄ってくるのよ。そういう男一人につき、九十分、さんざん甘えさせたり、いじめたりしてあげるのがあたしの仕事。やっぱり、それを続けてると、空しくなるのね。それで、もっと喜ばせてくれる男を求めて旅行したりするのね。最近、その人の目を見れば、どういう男かわかるようになったの。

彼女がマザコンの男から稼いだお金が巡礼の身であるぼくのとりあえずの生活保障になるのだ。その晩、ぼくはペニスが無感覚になるまで、腹筋が痙攣するまで、複雑なマドカの快感マシーンをいじり回した。

彼女は陽気さとは無関係に疲れていたらしく、シャワーを浴び、ぼくの全身マッサージを受け、五六回もだえると、シーツにぺったり貼りついて眠ってしまった。

冷え過ぎたビールを飲みながら、テレビを見、靴ずれにバンドエイドを貼った。その靴ずれは何ヵ月も前にできたもののように感じる。そう、以前にも、缶ビールを飲み、テレビを見、靴ずれにバンドエイドを貼ったことがあった。その時も隣りで誰かがベッドで丸くなっていなかったか？　そして、この脳みそがくすぐったいような気分も以前、味わったことがある。けれども、以前というのがどの時だったか憶い出せない。このシチュエーションは初めてだ、と自分にいい聞かせてみる。すると、どういうわけだろう、たった今、ぼくが抱いていたマドカという女の顔が憶い出せない。代わりに誰とは特定できないモンタージュ写真のような顔がいくつも浮かんでは消えた。その中にはテレビに映っているスポーツニュースの女性キャスターの顔まで混ざっていた。

思えば、ぼくの体の中には無数の女たち、男たち、大人たち、兄弟たちが住んでいるのだ。娼婦の体が男たちのアパートであるように。彼らがぼくの脳や神経をいじくりまわして、夢を見せてくれるに違いない。とりわけ、あの幼な馴染みは第二の人生をぼくの夢の中で送っているかのようだ。

冷蔵庫からビールをもう一本出して、バスルームに持ち込み、ぬるま湯に浸りながら飲む。じわじわと血管が拡がってゆくにつれて、ぼくの体は波打ち際の砂のようにビールやお湯、疲労や快感、眠気を吸い込み、ぐったりとなった。濡れた体を拭いて、裸のままベッドに入る。二分と経たないうちに全身がゴムひものように伸び、両手両足が大仏のそれのように巨大になったかと思うと、ぼくはいつの間にか寝ている自分を上から見下ろしていた。

飛んでゆく。雲のシーツを引き裂きながら飛んでゆく。彼方にはボーイングの旅客機が飛んでいる。下界は白一色の山脈。朝日が凸凹《でこぼこ》を浮き彫りにしている。ぼくは唾を吐いてみた。みるみるうちに唾の中の気泡がふくらみ、気球ほどの大きさになった。なかなか愉快だ。喉が渇いていて、あまり唾が出ないのが残念。

何かが頭にぶつかった。頭と同じ大きさの重い痛みが一気に体を通過し、お尻の穴から出ていった。再び頭に衝撃を受け、目の前が真暗になった。このあたりにはエアポケットが多いのだ。ぼくは錐揉《きりも》み式に落下してゆく。今度のはでかいぞ。全然、落下が止まらない。どんどん加速がついてくる。心持ち息が苦しい。まさかこのまま地面にグシャリといくんじゃ——

ぼくの体は強い風圧を受け、大きならせんを描きながらフワリと回転したかと思うと、下半身に自分の体重を感じた。ぼくは入国審査の行列の最後尾にいた。前に十人くらい並んでいる。審査はいい加減で、係官は相手が美人だと一緒に別室にゆき、どうやらセックスを強要するらしい。一方、性的魅力を感じないと素通りさせ、相手が気に入らないと、ボタンを押して、床板をはずし、地下のごみ捨て場に落としてしまう。

順番が近づいてきた。前の人は松葉杖をつく中年男。彼は天井から伸びてきたマジックハンドに襟首をつかまれ、宙吊りのまま何処まで続いているのか長い廊下の向うに連れ去られていった。

——Next!

今まで気づかなかったが、入国審査のブースはそれ自体が機械になっていて、自動的に入国者を振り分ける仕組みだった。ブースの中にいる係官はぼくをチラリと見て、クスクス笑っている。あいつにはぼくがどうなるかわかっているのだ。

どうにでもなれ、と一歩踏み出したとたん、目の前にピンクのワンピースを着て、うさぎのぬいぐるみを抱いた十三四歳の女の子が空気の扉の向うから現れた。

——お兄ちゃん、会いたかった。

ぼくには妹なんていない。いつの間にか、そこはビルに挟まれた空き地になっている。

——ね、いい子だから病院に帰るのよ。

この子がぼくの妹だと思うと、何やら下半身が落ち着かない。妹がセックスパートナーだなんて、少女漫画みたいだ。いいとも、優しくて脚の長いお兄さんになってあげる。

——いらっしゃい。こっちよ。

空き地のくさむらには扉がポツンと立っている。扉だけが。妹は扉のノブに手をかけて手招きする。待てよ、これは罠かも知れない。ぼくは立ち止まって、妹を牽制した。

——お兄ちゃん、早くしないと先生が来ちゃう。

妹は裸になって、片脚をノブにかけ、陰口をあらわにした。陰口はまん丸の黒い穴だ。あれは破滅への抜け穴だ。あそこに入ると、一切が水の泡になる。ズボンがきついと思ったら、勃起していた。痛いのでチャックをおろしたら、股間からジャックの豆の木が生えてゆくように、ペニスが妹の陰口に向って伸びてゆく。

誰かがぼくの肩をたたく。振り返ると、佐伯が立っていた。

——きょうも飲み過ぎちまったな。

妹は何処へ行ったんだろう。ぼくと佐伯は誰もいない夜道を歩いていた。酔払ったような気もする。喉が渇いて仕方がなかった。

――女房と別れることにした。

――どうしてさ、子供もいるのに。

――いや、体が重くなって身動きがとれない。

佐伯は電柱の前で立ち止まり、うつむいている。気分が悪いのか、悩んでいるのか、ぼくは黙って見ていた。彼はふと顔を上げ、じゃあな、というと、電柱を登り出した。あれよ、あれよという間に電線に手が届くところまで登り切ってしまった。彼は高所恐怖症ではなかったか?

――酔払ってるんだからよせよ。

ぼくは意味なく電柱にすがりついていた。ミイラ取りにはなりたくないし、かといって放っておくわけにもいかない。何気なくほかの電柱を見ると、見知らぬ女がやはり、電線に手が届くところにしがみついている。その時、全て合点がいった。佐伯はあの女と駆け落ちする気だ。だが、どうやって?

夜空に二つの電光が散った。佐伯も女も消えた。いや、電線の中だ。電線は蛙を呑み込んだ蛇のように二人の体の形そのままにふくらんでいた。やがてふくらみは抱き合う男女のシルエットになって、つっかえながらも何処かに向って進み出した。ぼくは二人を追いかけたが、電波の速さには敵うはずがない。

帰る家はないが、家に帰って寝ることにした。しかし、ぼくのベッドには先客がいた。無精ひげを生やした薄汚ない男があぐらをかいて坐り、じっとぼくを見つめながら、パンティストッキングを弄んでいる。何の用だ。そこをどけ。ぼくは男の襟首を摑んで、ぐいぐい引っ張るが、微動だにしない。クソ、たたきのめしてやる。ぼくは納戸に金属バットを取りに行こうとした。納戸を開ける。ぼくは思わず跳びのいた。満員電車のように人がぎっしり詰まっている。それもさっき見たむさ苦しい男の分身たちだ。分身は居間にもいる。それがどんどん増えてゆく。悪臭も放つその男たちはものすごい勢いで増殖してゆく。ぼくは連中を強引に押し分け、部屋から出てゆこうとするが、わずかの隙間も細胞分裂した男どもに埋められ、八方ふさがりだ。空を飛ぶしかない。ぼくは思い切り、ジャンプしてみた。しかし、何か柔かいものにぶつかって、逆に臭い男どもの洪水の中に頭まで押し込められた。苦しい。体が締めつけられる。暑い。押しつぶされて、体液が流れ出そうだ。

近くに川が流れている。そこに飛び込もう。川は何処だ。早くしないと……。時計を見ると、九時二十五分だった。いつの間にか、奴らは消えていた。その代わりにマドカがぼくの体の上におおいかぶさっていた。

——海を見に行こう。ほら、あんたはこのジョギング・ウェアに着替えて。おいしい朝食を食べるためには運動しなくちゃ。
ちぇっ、何て夢だ。どう解読したらいいっていうんだ。アルマジロ王の託宣とどう結びつけたらいいか、今は考えたくなかった。

　マドカは体を弾ませながらホテルを出て、砂浜めざして歩き出した。ぼくはつんつるてんのジョギング・ウェア姿で保護者のようにとことこついてゆく。磯の香が今さらのように強烈にぼくの鼻を襲った。スープが飲みたくなった。そういえば、海らしい海を見るのは一年ぶりだった。

――あそこで何か料理してるわよ。さざえの壺焼きかな。行ってみよう。

　彼女はぼくに劣らず食意地が張っていた。ぼくは砂浜の無数の小さな起伏をつぶしながら、走った。波の音、砂に足がもぐり込む音、沖かもめの叫び、マドカの「待って」という声、沿岸道路を走る車の音が、ぼくの耳もとでこすれ合い、静かなポリフォニーを奏でていた。空気はまだ、暖かいところと冷たいところがよく混じり合っておらず、ムラがあった。

　体が軽い。砂の下にスプリングが入っているみたいだ。こんなに体力の回復が早いとは。肺が痺れて気持ちいい。波打ち際に行き、海水で顔を洗う。マドカは真赤なフレアスカートをはためかせながら、香ばしい匂いの源に直行した。そこでは、秋の海の幸を満喫しようとやってきた中年男ばかりのグループが迎え酒の肴にするため、わざわざ火を熾《おこ》して、さざえだのいかだのを焼いていたのである。二日酔を空元気で隠す彼らにマドカは歓迎され、まんまとさざえの壺焼きを二つせしめた。

——ぼくたちと同じくらい暇な連中なのかな？

——そうみたいよ。酒池肉林会だってさ。三日間、飲み食いし続けて、女も抱くんだって。あたしも誘われちゃった。

ぼくはやれやれという表情で、海水の混ざった壺焼きのスープを飲み干した。これは汗や疲労となってぼくの体から流れ出た英気を補給する儀式なのだ。どんなに味気なくても、舌が火事になるほど辛くても、胸やけが丸一日続くほど脂ぎっていても、最後の一滴まで胃袋に染み込ませる。飢えに襲われた時、スープを残したことを後悔しないためにも。ぼくの胃袋の中にはアルマジロ王の胃袋があって、それはらくだのこぶと同じなのさ。

しかし、日本というところはそれほどこぶをふくらませておく必要がない。巡礼の旅に出てから、もう二週間になるが、寒気やめまいを感じるほどの空腹に見舞われたことはない。食物の値段は確かに高いが、誰もがそれに見合った財布を持っているから心配はない。彼らの腋の下をくすぐれば、お金は自ずと流れ出す。人が集まるところにはお金が流れる川がある。この国の場合、その川は毛細血管のようにあらゆる場所を潤している。この国には砂漠が少ないのだ。しかし、ぼくはらくだのこぶをいつもふくらませておく習性をなかなか捨てられない。いや捨てようと思わないのだ。とりあえず、今はお金の川のほとりにいる。マドカはぼくのパトロンだし、ズボンの隠しポケットには素敵なプラスチックカードが四枚しまってある。救世主に出会うまでは何かと物入りだから、倹約に努めなければ。佐伯は中米の町から町へぼくと同じやり方で巡礼を続けたのだろう。

何だかんだいっても、自分の常識やお金が通用しないところに迷い込むのは恐いものさ。そう、砂漠に迷い込むのが恐いんだよな。砂漠に迷い込んだら、自分の感覚と体力を頼る以外にはない。ただし、みなし子の救世主は好んで砂漠に赴く。ぼくも砂漠に踏み込まなければ、救世主とは出会えないわけだ。お金が幅を効かすところに、みなし子の〝愛〟はない。ひょっとすると、ここ日本にはみなし子の救世主は必要ないのかも知れない。そもそも、砂漠に赴くべきみなし子は何処にいる？

赤い影がよぎるのを目尻で感じた。アルマジロ王がさりげなく、託宣をぼくの頭に置いてゆく。

「みなし子の道徳を忘れるな。どのみなし子も自分に保険をかけておかねばならない。誰からも好かれるように、食い貯めが利くように、何処へでも逃げられるように、いつでも勃起するように、何処ででも眠れるように、一日中でも歩き続けられるように……日本が砂漠と化してからでは遅いのだ」

その日はグラスボートで海中公園を遊覧したり、車で岬に向い、灌木《かんぼく》の茂る曲りくねった遊歩道をマドカと肩を組んで歩いたりした。男だけでは物足りず、海と太陽からも栄養をとる彼女は押し寄せる波のリズムと体のリズムがぴったり合って、今にも踊り出しそうだった。

——ああ、泳ぎたい。こんなに天気がよくて、海が輝いてるのに。でも、こうやって海を見ていると、体が消毒されたような気分。波しぶきがキレイ。ダイヤモンドが飛び散ってるみたい。

遊歩道の終点は、岬の突端に作られたバルコニーだった。

——岬っていいね。だって、船の一番先に立ってるみたいなんだもん。日本全部が大きな船で、あたしは今、そのデッキの端に立って海を見てるのよね。何だか、じーっと海を見てると、日本が航海してるみたいに感じない？

——行き先は？

——このまま太平洋を渡って行ったら、アメリカにぶつかる。あんた、アメリカに行ったことある？

——住んでたよ。アメリカ人になろうと思ったこともある。でも、今はもっと別の何かになろうと努力している。

# Ⅶ

――そろそろ帰らなくちゃ。今夜は仕事があるんだ。また、男にサービスしなくちゃ。

――そう。疲れただろう。

――ううん、いつも眠る時間をさいて遊んでるから。

――帰りはぼくが運転しよう。君は仕事にそなえて、寝とくといい。

――あんた優しいんだね。

　岬の入口にあるみやげものの店でビールを飲みながら、焼きいかを食べる。今頃になって、そこがチバのシラハマというところで、岬はノジマザキと呼ばれていることを知った。時々、得体の知れない遠心力のようなものが働いて、ぼくは東京から引き離されてしまう。この不思議な力は疲れ果て、消耗し切った者から膿を取り除き、ふりだしに戻すように働く。ぼくはこの遠心力のせいでそこに運ばれ、活力を取り戻した。そして、再び東京へと吸い寄せられてゆく。東京には特殊な重力場があるのだ。

　ジープのハンドルを握り、アクセルをグンと踏み込む。怪物の心臓に戻るのだ。

――やけに飛ばすじゃない。大丈夫？

　木々はみどり、海は青。空気はミントの香り。頭の中を風が通ってゆく。頭痛はミントの空気が追い出してくれる。

——知らないな。ぼくのは特級ライセンスだ。

　ぼくは狼男になって、目に見えるものみんな壊してやろうという気にもなれば、病いが快癒した直後のように目に見えるもの、鼻や耳、肺で感じるもの全てに感動したりもする。時にぼくは狼男であり、ヘレン・ケラーである。

——あんたって不思議。

　ぼくの血液はジープよりも早く体内を循環していた。今まで、自分の体のまわりにこびりついていた憂鬱や疲労のほこり、記憶の膿も風に吹き散らされた。風景も気分も湯上りのようにサッパリした。

——それは好きってこと？

——あたし、あんたみたいな雄が好きよ。

——ぼくも君みたいな栄養たっぷりの雌が好きさ。君は日本人ではなく動物だ。誰かの女じゃなくて、ただの雌だ。それが一番いい生き方だ。アルマジロ王は——

——精神病院の脱走者にからかわれちゃった。ねえ、アルマジロ一って何なの？

　ぼくは車を路肩に寄せて止めた。ひょっとすると、彼女は……。ぼくはマドカの顔を真正面から凝視する。彼女の目は据わっている。

——キスしたいの？

一応、キスしたうえで話を続ける。

――アルマジロ王というのは、みなし子たちの守り神なのさ。日本人でもなく、誰かの恋人でもなく、ただ生きている男や女って想像できる？

――あら、そんならあんたの隣りにいる。

――たぶん君もみなし子族の女だろう。ぼくの幼な馴染みの話を聞いてくれるかい。奴はニカラグアで流れ弾に当って死んだんだけど、死ぬ直前に人の生き方に関わる何かを悟ったらしいんだ。ぼくは親友として、その何かを理解しようと、彼がニカラグアの小さな町で見たという夢を解読したり、彼の過去を検証してみたりした。その一方で、ぼく自身も彼と同じ悩みを生活の上で抱えていたから、彼が感じていた孤独や空しさがよくわかった。彼のような教師がいなければ、今頃ぼくは自殺しているか、精神病院にいただろう。彼は今、ぼくの守護霊になっている。ぼくは彼に励まされ、自分が見た夢を解読しながら、アルマジロ王を探す巡礼の旅を続けている。ぼくは若きシッダールタやイエスやムハンマドが悩んでいたことを自分の体で繰り返しているんだ。

――へえ、大変ね。まあ、あんまり深く考えないでやんなさいよ。きっと、あんたが一人で頑張ったって、世界はビクともしないんだからさ。

――君、世界は将来どうなると思う？

――この世界の未来には計画も予定もないの。仮りにあったとしても、狂うためにあるみたいなもんよ。月経だってよく狂うんだし、天気だって五月《さつき》晴れもあれば、台風もある。この世の中はみんな行き当りばったりなのよ。だから、面白いんじゃない。

――君はただ者ではないな。ぼくにはわかる。何か強いものを感じる。

――あんた霊能者？　人の守護霊とか見えるわけ？　あんた目つきが変よ。大丈夫？

マドカを凝視するあまり、寄り目になっていた。視線をバックミラーに移して、ジープを出す。進行方向の遥か先には雨雲が居坐っている。都心は雨か……。しばらくのあいだ二人とも口をつぐみ、沈黙の風船は大きくなった。風船はぼくのくしゃみで破れた。そのとたん、マドカはガハハと笑い出した。

――みなし子は何処にいても、何処に行っても、よそ者なんだ。その代わり、誰とでも友達になれる。みなし子は何者でもなく、ただよそ者なんだ。でも安心しなよ。よそ者とよそ者が出会えば、道連れになる。二人ともお互いに永遠によそ者かも知れない。しかしそれでいいんだ。相手のことを下手にわかっちゃいけない。お互いに尊敬し合うだけでいいのさ。

――わかったようなわからないような……

――たぶん、君は体でわかっている。

――アルマ次郎ねえ、何だか可愛い。

# Ⅷ

視界に埋め立て地の風景画が入ってきた。軍艦マンションの艦隊がかすみの中で威容を誇っている。それは風景ではなく、風景画だった。あの素気なさ……いかにも、東京の住民たちの被害妄想を隠すために建てられたような押しつけがましい素気なさ。ぼくには見える。あちこちでパトカーや救急車のサイレンが響き、人殺しや強盗が日常茶飯事になり、暴力団や狂信的な宗教団体や組織的な盗賊団が横行する。もう今までのように自分の常識も、言葉も通じなくなっている。そんなスラムと化した明日の東京に、みなし子の救世主がチャルメラのような笛を吹きながら、自転車に乗って様子を見にやってくるのが。経済的な繁栄も、文化的伝統も一切信じることができなくなった時、頼れるのは自分の処世の術だけだ、とみんなが気づく。アルマジロ王はその様子に満足して、大声で笑うだろう。そうさ、日本の首都だって、一皮剝けば、みなし子たちの砂漠なのさ。マドカとは明日の東京で出会うようにして出会ったのだ。彼女は自分の男を見る目と運動神経だけを信じている。マドカは再び自分の体を売りに出すため、セックスの市場に赴くが、今やアルマジロ王の守護のもとにあるから心配はいらない。

——君を何処まで送り届けたらいい？

——そうね、新宿まで行ってくれる？

彼女は化粧を始めていた。

——ＯＫ！

——あんた、どうするの？　行くとこある？

——友達の家に避難するよ。

——落ち着いたら、電話して。あたし池袋に住んでるから。

電話番号と住所を書いた紙にマドカはキスマークをつけて、ぼくの胸ポケットに差し込んだ。これで新しい前線基地が一つ増えた。英気の補給に使わせてもらおう。

首都高速に入って間もなくすると、車の消化が悪くなった。ジープはしゃっくりしながら走る。なにゆえにドライバーは腹を立てつつハンドルを握らねばならないのか。とうとう新宿の出口手前で便秘になってしまった。

おとなしいと思ったら、マドカはうなだれて、浅い眠りについていた。そう、ぼくの幸運の女神は決して深い眠りにつくことはない。

マドカの舌は、乳房は、膣は男たちがノミをふるう金鉱だ。この体はマドカ一人のものではなく、マドカと寝た男たち全てのものだ。マドカの体は一つではない。東京中、日本中、世界中に散らばっている。マドカと寝た男たちの体に間借りして。

妖精は自分の体の一部と相手の体の一部を交換しながら、地上で生き延びてゆく。妖精と娼婦は兄と妹、姉と弟の関係なのだ。娼婦も妖精も、人と人のあいだで様々な役目を果す。時に案内役となり、教師となり、人を励まし、歓待し、人に恋をし、お金を使わせる。いつも人やお金が流れる街にいて、行き当りばったりに生きている。一日に一日ずつ。

マドカは高いところから落ちる夢でも見たのか、突然、上体を起こし、あたりを見回していた。

——どうした?

——誰かあたしのこと呼んだわ。ここ何処? 新宿? もう着いたのね。ねえ、あんたあたしのこと呼んだ?

——いや……きっと、この街には君を必要としている人がたくさんいて、連中が君を呼んだんだろう。

マドカはあくびをしながら、苦笑いだ。そうさ、今この瞬間にも、誰かが遠くで誰かの名前を呼んでいるはずだ。みなし子たちがぼくを電波で呼んでいるように。

ようやく、ジープは便秘気味の腸から外に出た。互いにそっぽを向き合って立つ高層ビルのあいだを走り抜け、大ガードを越える。

——このへんで停めてくれる? あたし一人で職場に行くから。あんたとはここで別れなくちゃ。これできょうの宿を探して。

彼女はぼくの胸ポケットに一万円札をねじ込んだ。ぼくは車を降りる。キャリアーに乗り換えだ。

――有難う。君は幸福の女神だ。元気を注いでくれたうえにお金まで。

――アルマ次郎さんによろしく。

――アルマジロ王はもう君の守護神だってば。

――また遊ぼうよ。じゃあ元気でね。アキラ。

マドカはぼくの守護霊の名前を最後に呼んで、区役所通りに消えていった。

## IX

ぼくは石畳の遊歩道を下って行ったところで放置自転車を盗み、家財道具一式を荷台にくくりつけ、歌舞伎町界隈を走り回った。新宿温泉の仮眠室はぼくの常宿だが、今夜はもっとましな旅館に泊るつもりだった。体調を整えたうえで再びオーラを発する女や男を探し歩く。

マドカにエネルギーを注入してもらったおかげで、ぼくはこの巡礼の目的の一つを発見し、同時にそれを達成できたような気がした。自殺への誘惑と発狂への恐怖……これはどんな宗教であろうと、巡礼のプログラムに組み込まれている。もちろん、ぼくの個人的な巡礼にも。そして、その二つの試練はすでに克服されたのである。マドカが「娼婦にして恋する女」に自分の天職を見出したとするならば、ぼくは「みなし子にして万人の友達」たることを自分の天職にしなければならない。マドカは海を栄養源にしていた。彼女はいつでも海に帰ってゆけるのだ。ぼくには帰るところがない。しかし、帰るところがないこと自体がぼくにとっては救いになるのかも知れない。巡礼の目的の一つは発見し、達成したが、これで終ったわけではない。アルマジロ王はその尻尾をつかんだと思った瞬間にはもうその場にはいない。それがぼくにとってのアルマジロ王だ。ぼくは彼と永遠の追いかけっこを続けることになるだろう。そして、いずれは世界の果てまで連れて行かれるに違いない。

何処かから男の叫び声が聞こえてきた。何を叫んでいるのやら、意味不明だった。声がする方に走ってみると、バッティングセンターの前の道路にぽっかりと空間ができていた。そこには鋭い眼光を放つ、髭面の青年が肩で息をしながら、右手に百円ライター、左手にビールビンを握り締め、立ち尽くしていた。通行人は麻薬中毒者か狂信者か、ともかく一目で尋常ではないとわかる男の姿に気づくと、慌てて引き返したり、横丁に逃げ込んだりした。恐怖より好奇心が勝るヤジ馬は男から十メートルほどの距離を保ち、挙動を観察していた。男のかたわらにはポリタンクが置いてある。男が一歩踏み出すと、ヤジ馬は一歩後退する。そのうち、警官がきて、事態を収拾するだろうとみんな気楽に構えていた。男は英語で叫んだ。

――日本は腐っている。どいつもこいつも呆《ぼ》けてやがる。アジア人としての誇りはないのか。同じアジア人のオレを差別して恥しいと思わないのか。政治家もインテリも堕落し切っている。こんな日本など滅びてしまえばいいんだ。オレは今から腐り切った日本に火を放ってやる。アッラー・アクバル！

一体あいつは誰なんだろう。何処かで聞いたことがあるようなことをいっている。容貌や言葉からすると、東京に出稼ぎに来たイスラム教徒か。あいつと話をしよう。早まったことをしてはいけない。あいつにアルマジロ王の託宣を吹き込んでやるのだ。

ぼくは自転車を降り、男の顔を見据えながら、接近してゆく。自分でも不思議なくらい度胸が据わっていた。リモートコントロールで十メートル先の自分の体を動かしているようだった。誰もぼくを止めなかった。佐伯の霊はいっていた。身の危険が迫った時には必ず現れる、と。ぼくは守られているのだ。

――話をしよう。火炎ビンをこっちに渡すんだ。私は一人の巡礼者だ。そんなテロ活動はやめろ。話をしよう。私たちは友達になれる。

男はポリタンクを頭上に抱え上げ、ガソリンを全身に浴びた。こいつは本気だ。

――待て。無駄なことはやめるんだ。私は君の味方だ。

――やかましい。おまえも腐った日本人の一人だろうが。おまえらにムスリムの誇りを見せてやる。よく聞け、多神教の豚どもよ、オレはあの世でもアッラーの使徒になって、おまえたちを迎えてやる。アッラー・アクバル！

男はビンの口に火を点《つ》けると、そのまま自分の足元にビンをたたきつけた。一瞬の出来事だった。ぼくは慌てて踵《きびす》を返したが、猛獣のような炎にうしろから食いつかれてしまった。男はもう人の形をした炎と化していた。人間の声とは思えない悲鳴をあげながら、ぼくの方に向って走り出した。ぼくは背中に引火した火を消そうと道路を転がり回った。誰も助けに来ない。何が起こったのか頭ではまだわからなかった。自分が燃えている。これは悪夢なのだと信じようとしていた。熱い。息ができない。男はぼくに救いを求めるようにタックルを仕掛けてきた。何もかも燃えてゆく。佐伯はどうした。火が喉に入ってきた。守護霊なんてインチキだったのだ。アルマジロ王は？　赤い影は炎に紛れて見えない。アルマジロ王よ、おまえは異教徒の暴力に対して無抵抗なのか。この男もみなし子だ。みなし子同士は殺し合ってはいけない。いや、ぼくは死ぬはずがない。もし、夢を読み違えていたら……死ぬのか？　誰かがぼくの背中をぶっている。そうだ、これは悪夢なのだ。ぼくは夢の中で一度死んで、現《うつつ》に帰って、復活するのだ。アルマジロ王にもう一歩接近したのさ。間もなく誰かがぼくを目覚めさせようとしてくれるはずだ。みゆき、マドカ、佐伯、誰でもいい。早くぼくを助けてくれ。

# 断食少年・青春

——ぼくは生まれてくる時代と場所を間違えたんだと思います。
——いや、ぼくの生き方は世界中何処《どこ》でも通用すると自信があります。
——なあに、ぼくは全く無意味な青春を過しただけの話ですよ。
——どうせ世界は全て砂漠に呑み込まれるんだ。

食欲も性欲も旺盛であるはずの十代の頃、Mは肉も魚も女の子も受けつけなかった。彼は苦もなく断食できたし、マスターベイションにふける習慣もなかった。朝食も昼食も抜き、夕方にクラッカーを食べるだけのMは、一日五食食べる友人のあいだで特異体質と噂された。また、女の子をめぐるエロチックな妄想に全く関心を示さないMはゲイと見做《みな》されていた。もちろん、彼は男の肉体にも友愛関係の如き理想にも興味はなかった。友人たちは面白がって、Mを道具に様々な遊びを発明した。Mのまわりに弁当を並べ、どれに口をつけるか賭けたり、彼の目の前で数人が自分の猛烈な食欲を示してみたり、Mのロッカーや机、靴の中にまでポルノ写真をねじ込んだり、Mを女の子と一緒にポンプ室へ軟禁したり……。Mは別に抵抗するでもなく、連中の遊びにつき合っていた。彼は禁欲していたわけではなく、ただ欲していなかっただけだから、その遊びが拷問に変わることはなかった。何もせず、クラスの人気者になれるんだから得だくらいに考えていた。

Mの家族はみな食意地が張っていた。父は具だくさんの味噌汁と漬物だけで飯を四回おかわりする。ステーキであろうと鍋物であろうと、刺身であろうと焼魚であろうと、あらゆる料理はライスを食べるための口実に過ぎなかった。外で食事をして帰宅しても、必ずあの粘りけのある白い粒を口にする儀式を怠らなかった。お茶漬や汁かけごはんを食べる父はいつも幸福そうな表情をしていた。父はライスの過食が原因で糖尿病を患った。主食にしておかずでもあったライスを自由におかわりできなくなった父は人生の食欲まで失いかけた。茶碗一杯分の米を五分がゆにして腹一杯食べる苦肉の策を講じるまでに米への執着は強かった。

母は胃袋を二つ持っていた。肉魚等のタンパク質用の胃袋と炭水化物や甘いもの用の胃袋。だから彼女は一回の食事で二度満腹になる。子供にも自分の食事スタイルを強要した。子供を満腹にさせるのが母親の義務だとも思っていた。また迷惑なことに、実験精神が旺盛で何処かから聞き覚えた料理を自己流にアレンジし、その味がどうであれ、最後の一切れまで子供の口に押し込むのだった。母はそれを「食物を残さない運動」と勝手に名づけた。

弟の大食漢ぶりは並大抵ではなかった。彼は生まれた直後からミルクを求めて泣きじゃくった。彼の食欲は二三時間の絶食にも耐えられないほど強かった。弟は幼ない頃から食べられるものは何でも食べた。食べられないものも一応、口に入れてみないと気が済まなかった。食べられないものは薬にする中国人といい勝負だった。ともかく、その食べっぷりは慢性的な飢餓にさらされてでもいるようで、見る者を唖然とさせる迫力があった。食欲＝善とする母でさえも弟を人前に出したがらなかった。弟の食欲はしつけや人目など振り払うだけの勢いがあった。弟はいつもMの分まで食べたが、なお腹八分目という様子だった。

M以外はみな太っていた。一人痩せ細ったMはまるで家族に虐待されているかのようであった。実際、Mは彼ら、特に弟の食欲に意気阻喪し、ますます拒食の傾向を深めていったのである。旺盛な食欲は一つの暴力である。巨体や過剰な体力、大きな声、根拠のない自信や大胆さがそうであるように。一方、拒食は痩せた体、体力不足、小さな声、劣等感、小心と結びつく。

他人はMと弟を比較しては面白がっていた。それはそうだろう。これほど似ていない兄弟も珍しい。弟はMより身長が十センチ低く、体重が二十キロ多かった。顔つきも顔色も人種が違うみたいに違っていた。Mは栄養失調の北方系狩猟民族、弟は飽食の南方系定住民族。性格も推して知るべしである。弟は現世で享楽を貪《むさぼ》り、兄は現世を否定する屁理屈ばかりこねている。弟の脂ぎった体には体力があり余り、それを常に外に向けて暴力的に発散している。兄のひからびた体は体力を節約しなければ持たない。弟は他人とじかに接するが、兄は他人から逃げてばかりいる。兄はスポーツを憎み、書物の世界に閉じ籠《こも》る。将来は物書きにでもなろうと思っている。弟はラグビーのフォワードで、本なんて読まない。将来はコックになろうと思っている。

兄弟の仲がいいはずはなかった。互いに軽蔑し合い、いがみ合っていた。喧嘩は弟の方が強いに決まっている。だが、Mは食べなければいられない食欲の人とは違ったある強さを持っていた。それは食べるものが少ないところ、例えば、砂漠や監獄で生きるのに都合のよい強さである。食欲や性欲を極小に押さえられる能力は誰にでもそなわっているわけではない。いつからか、Mは自分が選ばれた者であるという確信を抱いた。

家族は何かにつけ、Mが食べ物を口にする現場に立ち合おうとした。食べないでいられる人間などこの世にはいないと彼らは信じているので、Mが誰も見ていないところでこっそりものを食べているに違いないと考えた。だが、Mは自分がちゃんと食事をしている証拠を見せるため、人前でしかものを食べなかった。野次馬根性旺盛の友人に対しては、連中の好奇心をはぐらかすためにアイスクリームやチョコレートを食べてみせた。ごくたまに食堂に現われ、これみよがしにかけそばを食べることもあった。Mは断食行者でも拒食症でもなかった。頭脳が明晰になるからとか、太るのが怖しいからといったもっともらしい理由はなかった。要するに食べたいと思うものが見つからないだけであった。性欲も同様、興奮する対象が見つからないだけであった。

Mは自分がインポテンツではないかと疑いを抱き、経験豊富なプロの女性を相手に実験してみたことがある。心配には及ばなかった。ペニスは正常の反応をした。けれども、それが彼の性欲を目覚めさせる結果には至らなかった。まるでセックスはボルトとナットの組み合せに過ぎないかのような空しさだけが残った。むしろ、Mは徹底的に射精しないことで得られる茫洋《ぼうよう》とした快感を好んだ。それは奇怪な夢の舞台を用意するのであった。自分が巨大なペニスをぶら下げて飛ぶプテラノドンになったり、砂漠で射精をすると、たちまちそこがオアシスになったり、植物園の温室に立っていると、まわりの熱帯植物が自分の体にまとわりついてきて、その粘液にまみれているうちに全身がとろけてゆくのを感じたり、あるいは、ペニスを体の中へ押し込んでいるうちにするりと裏返しになって、肛門を満たしてしまう奇妙なマスターベイションを行なったり……。そうした夢の最中にだけ、射精するのが癖になった。ことさら、手でこすったり、ベッドにこすりつけたりしなくても、結局は脳がマスターベイションを始めてしまう。彼はいずれこの発見を手記にまとめようと思った。

ある日、Mは中華料理屋でピータンを食べて食中毒にかかった。やはり、自分は食べることに向いていないのだと痛感した。実際に食べた量はわずかなのにその十倍くらい嘔吐し、ついには日頃の節食も災いしてか、昏睡状態に陥ってしまった。これを機にMは拒食傾向を徹底的に改めさせようとする家族と医師の管理下に置かれることになった。

家族はMが一日三食食べるためなら暴力的な手段も辞さない構えだった。Mがものを食べないことには自分たちの責任が果せないからだ。母は泣きながらいった。

――お父さんもお母さんもこの年になってもまだ食べたくてしようがないのに、糖尿病やダイエットのせいで我慢しなければならないんだよ。あんたはいくらでも、おいしいものを食べられるっていうのにどうしてそう不幸そうな顔をするんだい。あたしたちの方がよっぽど不幸だよ。

Mが両親の不幸を理解できないのと同様、彼らもMの不幸を理解できないようであった。しかし、医師よりはましだった。医師はMを拒食症と決めつけ、精神的な障害が原因だとして、その分析にやっきになった。Mは単に食欲のない少年だったのに、ここにきて精神病の疑いまでかけられてしまったのだ。

――君はどんな悩みを持っているのかね。

――別に悩みはありません。

――しかし、食べないと健康に悪いし、現に君は虚弱体質になっているんだよ。まだ若いんだから、贅肉がつく心配なんてしなくていいだろう。

――別に太るのが嫌なわけじゃありません。食べる気になれば食べられますが、何だか空気を吸ってるだけで満腹になってしまうんです。

――君は何か宗教を信じているか？　断食の修行をしているとか……

――いいえ。

――断食をすると、精神が浄化されるというが、君はそれを信じるかね？

――本当にそうなんですか？

――断食もある期間を過ぎると、幻覚を見たり、幻聴が聞こえたりするそうだよ。

――それは面白そうですね。

――君だって死にたくはないだろう。

――先生、ぼくはハンガーストライキをしているんですよ。

　Mは口から出任せをいった。なぜか彼はその精神科医に優越感を抱いていた。食べなきゃいられない奴が自分に何か抗議してやがる、抗議できるのはこっちの方だぜ……

――君は何に対してハンストをしているというのだね。

――これから考えます。

――アピールする対象のないハンストなんて聞いたことないね。

医師とのこんな会話から、Mはハンストの対象を探し始めた。それまでは人前でものを食べる努力は続けた。と同時に一人きりになりたいという思いも募り、山登りを始めた。Mは他人のおせっかいな精神衛生に振り回されては、生きていること自体が健康に悪い。Mは自分の生理については誰よりもよく知っているつもりだったから、なるべく他人の干渉が及ばないところで自分の生のペースを保とうと思った。登山をやっていれば、嫌でも食欲を取り戻すだろうと家族もタカをくっていた。山は食事をおいしく食べる場所だと信じて疑わない彼らのことだから。医師もMの山登りには賛成だった。スポーツと食欲は分かち難く結びつき、健康の王国を築くという医師の信念にうまく合致していたからだ。

確かに山登りはMを健康にした。食べたくないものを食べなくて済むから。確かに山はものをおいしく食べられるところだ。特に水と空気が。確かに山登りはスポーツである。断食がスポーツであるのと同じように。Mは渓流のほとりで澄んだ空気を吸い、冷たい岩清水でビタミン剤や栄養剤を飲む時、ふと考えるのだった。

どうも自分は人間界で暮すのに向いていないらしい。といって、神に自分が変わり者だと主張して、媚びを売る気もない。妖怪と人間の中間のねずみ男に似ていやしないだろうか？　しかし、ねずみ男ほど世渡りはうまくなさそうだ。『ドン・ジョヴァンニ』に出てくる石像はどうだ。歩くうえ、説教までするあの石像はドン・ジョヴァンニに招待された夕食の席でいうではないか。天上の食物をとる者は地上の食物など食う必要はない、と。

このセリフは決まっている。ただ、神の使いのような面をしているところが気に入らないね。どうだろう、趣味のハンガーストライカーあたりが収まりがよいのではなかろうか？これは健全なスポーツ青年に通じる響きがある。

Mが最初にハンガーストライキの輪に加わったのは、十七歳の夏休みの時だった。「日本の軍備拡張に抗議する市民の会」なるグループに頼み込んで、北の丸公園に陣取ってのハンストに便乗した。もちろん、ハンストが趣味だとはいえないから、グループの主張に賛同しているふりをしなければならなかった。Mは抗議声明の内容を丸暗記して、新聞記者のインタビューにそなえた。「米の輸入自由化反対運動」のハンストの時もそうだった。コシヒカリの最高級品しか食べない糖尿病の父はこの時ばかりはMを応援した。「インドネシアの東チモール併合に抗議する集会」や「獄中作家支援運動」といった海外の政治的暴力に抗議するハンストにも加わった。また、「式出朝人君の釈放を要求する会」のようにプライベートなハンストにも「ぼくにもできることはないか」と控え目な調子で接近し、その輪に加わることもあった。もっとも、Mは未成年だったから、夜も更けると自宅に帰されることが多かったので、最後までハンストにつき合うのは難しかった。しかし、Mは自分が抜けがけしたように思われるのがしゃくで人知れず、断食は続けた。

それはクリスマスの二日前だった。Mは三泊四日の山登りに出掛けると家族に嘘をつき、「外国人労働者の差別に抗議するハンスト」に加わった。参加者はMを含めて四人。一人はパキスタン人の学生、一人はタイ人、残る一人は日本人で、前にも何処かのハンストで見かけた三十代半ばくらいの女性だった。彼女もMのことを覚えていて、一目でピンときたようだった。

――あなた、ひょっとして、断食のためにここへ来たんじゃない？

彼女はほかの二人に聞こえないようにMに囁《ささや》いた。いきなり図星をいい当てる彼女の炯《けい》眼《がん》には怖れ入ったが、Mは「そんな物好きがこの世にいるとは思えませんが」と答えておいた。

――現にいるのよ、ここに。

――あなたはダイエット中なんですか？

――いいえ。断食が好きなのよ。あまりこういうことは空腹がつらい普通のハンガーストライカーの前ではいえないけれど、私は政治的主張なんてどうでもいいの。あなたは誰かに雇われてる？

――いいえ。自発的に参加してるんですよ。

――私は雇われてるの。日給一万円でね。

――あなたはプロなんですか。一日一万円ならいい仕事だな。

――ほらね。やっぱりあなたも断食が好きなのよ。普通の人は一万円じゃ安いと思うもの。食いしん坊は日給五万円でも嫌がるわ。それよりあなたはなぜ断食を始めたの？

　Mは、ただ食べたいと思うものが見つからないのだと答えた。彼女は深くうなずきながら、「わかるわ。私の場合はね」と身の上話を始めた。

——昔はね、ものすごい食いしん坊だったのよ。いつも食物のことばかり考えていた。

　そこはハンガーストライカーと全く同じだ。ハンスト二日目には、寿司屋で何を注文するかとか、一生食べ続けても飽きない食物は何かとか、ハンストが終ったら真先に何を食べるかとか、その種の話で盛り上る。Mはそれをうんざりしながら聞いていたのである。

——いわゆるグルメだったわけ。給料の大半が食べ歩きで消えたわ。飽食の時代に飽食してたんだから貧しいっていえば、貧しいわね。それがちょっとしたきっかけで食欲を失ってしまったの。見事なくらい何も食べたくなくなっちゃった。

——どんなきっかけですか？

——父が死んだの。

——餓死？

——まさか。心臓発作よ。

——それと断食とどんな関係があるんですか？　悲し過ぎて何を食べても胃が受けつけなくなった、とか。

——自分でも不思議なんだけど、食べたいと思わなくなっちゃったのね。まるで、今まで、私の体を通して父がものを食べていたみたいにね。

——お父さんが亡くなったから、もう食べる人がいないというわけですか？

——そういうこと。でも、断食してみてわかったけど、何も食べないのが最高の食事よね。くだらないもの食べて胸やけするより百倍ましよ。それに断食すると、自分が清らかになってゆくのがわかるもの。頭も冴えるし、空気や水のおいしさが誰よりもよくわかるしね。全く食べないってわけじゃないのよ。時々、おいしいそばや豆腐を食べに行くわ。何も食べないと口臭がして、他人に迷惑がかかるしね。あなたもおそばくらいなら食べられるんでしょう。油で揚げたものとか肉とか魚は食べ慣れていないと受けつけなくなるのよね。

——ぼくは食欲だけじゃなく、性欲もないんですよ。あなたはどうですか？

——今は自分が透明になってゆくのを楽しんでるから、男も要らないわ。ところで、ハンストが終ったら、おいしいおそばを食べに行かない？　あしたの夕方には終ると思うわ。

彼女はハンストを鼻であしらっていた。食欲の人をバカにするのと同じ調子で。ハンストは三日以上続くことは少ない。もしそうなったら、運動としては成功といっていい。しかし、空腹は確信をぐらつかせる手強い敵なのだ。一刻も早く、ドクターストップがかかるよう、警官隊が実力でハンストを中止してくれるようストライカーたちは密かに願うのではないだろうか。彼らの政治的主張を踏みにじる警察が彼らに宣告するのである。「おまえたちは充分に断食をした。おまえたちの主張も充分にアピールできただろう。もう責任は果したんだから腹一杯食べろ」高潔なハンガーストライカーならば、このことに屈辱を感じないはずはない。そして、彼らは自らの高潔さを守るためにそれ以後は満腹に対して罪悪感を抱くようになる。ハンストは極めて個人的な禁欲主義と化し、政治的な意味を失ってしまう。Mは高潔なハンガーストライカーに同情を禁じ得なかった。もう、マハトマ・ガンジーの頃とは時代が違うのだ。ダダをこねるハンガーストライカーにめしを食わせてやる警察は慈悲深いと世間に思われたら、もう彼らの居場所はない。ガンジーは闘う相手の残忍な暴力性を目に見えるよう演出するために無抵抗主義を編み出した。ハンストは政治的に雄弁になり得ることを証明した。けれども、憎しみを失った者しかいないこの日本で、抗議する相手を見失ったこの国ではハンストも共同体のつまらぬ儀式に堕落してしまったのだ。「オレは本当に餓死してやるぞ」と不吉な笑いを浮かべる憎しみの人は共同体の懐柔に合って、諦めの人となってしまった。

Mもまた憎しみを持たなかったし、主張すべきことも持たずにいた。ところが、二人の外国人は空腹には苦しみながら、誇りと憎しみはしっかりと胸に抱いていた。これがハングリー精神というものに違いないとMは思った。

「外国人労働者の差別に抗議するハンスト」は三日目の昼過ぎに新聞記者数人とストライカーを支援する人々が取り囲む中、都庁の職員が「前向きに検討します」と約束して、とりあえずは終った。Mにとっては何やら後味の悪さが残るハンストだった。この運動に成果があったとはどうやら誰も思っていない。「よく空腹に耐えたね」というねぎらいの言葉しかなかった。世間はハンガーストライカーを必要としていない。いやそれどころかバカにしてさえいるとMには思われた。

Mはハンストへの興味を失ったが、奇妙な断食癖を持つ彼女とは腐れ縁みたいなものが生じて、時々会っていた。どうも自分の話を理解できる相手を探していたらしい。彼女はMを誘う時、いつもこういった。

——あなたが食べたいと思うものを探しに行きましょう。

彼女は健康食品とか自然食品にやたらに詳しく、最高級の素材や水を使った豆腐やらそばやら野菜の料理を高価な器に美しく盛りつける気取ったレストランによくMを連れて行った。彼女は断食が趣味というより、菜食主義と断食のあいだにとどまり、肉体と魂を浄化したいと願っているのだった。彼女は即身成仏をした坊さんをガンジーよりも尊敬しているといった。

——即身成仏するには二千日から三千日かけて五穀断ちとか十穀断ちをして、体の中の脂肪や栄養分を抜いていくのね。最後は穴の中に埋まって、空気だけは吸いながらミイラになるのを待つの。山形の観音寺の仏海上人《しょうにん》って知ってる? 明治時代に即身仏になったのよ。

——即身成仏に憧れてるんですか？

——とんでもない。あたしにできるわけない。ミイラになるのは嫌だわ。でも、修行中のお坊さんって美しいじゃない。適度に脂が抜けてて、魂が透けて見えるみたいじゃない。食欲と性欲の塊みたいな人なんて大嫌い。

Mは遠回しに口説かれているように思った。彼女の誘惑を受け容れてもいいと思ってもいた。事実、彼女はMが敵意を感じない初めての女性だったのである。Mは彼女とつき合うことでなぜ自分が性欲を抱かないのか探求してみたい気がしていた。

性欲は食欲に比例するのか、反比例するのか知らないが、二人のセックスは極めて淡白だった。彼女の方はMのような肉体を求めていたらしい。「すごくよかった」と率直に告白したくらいだから。Mは肩をすくめた。実際、あまり動いていないのだ。ピストン運動もしなかったし、体位を変えたりもしなかった。Mはペニスをそっと挿入し、彼女はそれを締めつけただけだ。だから、彼女の方が汗びっしょりの重労働だった。

——僧侶みたいな食事しかしないのにちゃんと立つんだから、若いのね。

Mは赤面した。自分の若さが恥しいと思った。ペニスを叱ってやりたい気分だった。

ひょっとすると、彼の一連のハンストやセックスへの無関心は自分の若さに対する無意味な抵抗だったのかも知れない。もしそうだとすると、なぜ自ら進んで若さを抑圧したりするのだろう。自分の青くささに無頓着な奴らへの嫌がらせか？　しかし、断食や性の禁欲こそ逆に青くささの証《あか》しになりはしないか。確かにMは本の世界に隠棲《いんせい》し、身の周りの青二才を見下すための詭弁を弄ぶこともできた。自分は天上の食物を食べているから、ハンバーガーやピッツァの如きくだらないものは必要としない、自分はいつでも不思議の国へ旅して誰にも味わえない性の快感を貪ってくるから、ペニスをしごく必要はない、などと。しかし、それこそ青二才の悪あがきではないか。

ハンストで知り合った彼女は図らずもMのよい教師となった。彼女とのつき合いはそのままMの自虐的生活を改めるリハビリテーションとなっていた。彼女は若いボーイフレンドの食欲と性欲を刺激するのが趣味であった。ちょうど、悟りに至らない僧侶を俗界に誘惑するように。悩める青二才をからかうのが至上の楽しみというわけだった。Mはうまいこと彼女の手練手管に乗せられ、セックスも悪くないと思い始めていたし、もう一度食べたいと思うものも発見した。それは湯豆腐だった。ただ、Mはまだ食べること自体に不自然さを感じていた。あくまで自分はただの食欲のない男だとの思いが強く残っていた。よくよく考えてみれば、ハンストを趣味にするのも、断食に様々な意味を与えるのも、周囲がMを健康な生活の型にはめ込もうとしたことへの反発だったわけで、放っておけば、Mは単に食欲のない男以上の者にはならなかったはずなのだ。

——自然体が一番よ。他人の都合に合わせたり、反発したりせず、ただ普通に生きてればいいのよ。

その言葉を聞いて、Mは爽快だった。いよいよ自分も青二才から脱皮できそうだとも思った。

Mは十八になり、普通の菜食主義者並みの食事をするようになった。ちゃんと三食欠かさず食べるうえ、時々白身の魚なども口にした。だが、これは家族を喜ばせる朗報にはならなかった。この年、家族に襲いかかった予期せぬ不幸な事件ゆえ。あの大食漢、あの生命力の塊の弟が交通事故であっけなく死んでしまったのである。オートバイでガールフレンドを迎えに行く途中、大通りの曲り角で跳び出してきた小学生を避けようとして、トラックに激突した。五メートルくらい宙を飛び、歩道にたたきつけられた。歩行者が見ている中、一時は立ち上って、何でもないという素振りを見せたが、すぐに崩折れて、救急車が来る前に死んでしまった。享年十六歳。

Mはショックで寝込んでしまった。突然の死を突きつけられ、Mは弟に何もしてやれなかったことを悔いた。仲がよくなかったから、なおさらである。「弟なんていなければいい」と何度思ったか知れないが、弟が死んだあとはそれが重い罪悪感として自分にのしかかってくる。無意識に弟の死を願っていたのではないか、その呪いが効いてしまったのだ、などと。

様々な憶い出が弟の脂ぎった顔とともに浮んでくる。幼ない頃、食べるのが遅いMの海老フライを横取りしたこと、寿司屋のカウンターでさび抜きではない小鰭《こはだ》を注文した六歳の弟の顔、近所のラーメン屋主催の餃子《ギョーザ》早食い競争で弟が優勝したこと、運動会の徒競走で一着になったあと、体育館の裏で昼に食べたものを吐いたこと、ガールフレンドを家に呼んで下手くそなギターの弾き語りを聞かせていたこと、下痢をしているくせに卵がゆを十杯食べたこと、喧嘩をして口を利かなくなった時、先に弟が謝ってきたこと、Mのカバンにヌード写真の切り抜きを密かに差し込んでいたこと、一緒に映画を見に行った帰り、からんできた不良三人を頭突きでやっつけたこと……。

Mは弟の死後間もなくこんな夢を見た。

兄弟二人は冬山で遭難し、食糧もつき、空腹を抱えて救助隊を待っている。いつも必要以上に元気な弟はかなり衰弱している。Mが掘った雪洞《せつどう》の中で兄弟はこんな会話を交わす。

——結局、オレが食われた方がいいだろう。

——やめてくれよ。

——おまえが生き残った方がいいよ。

——兄貴なんてまずくて食えるかよ。骨と皮しか残ってねえじゃん。

——おまえは霜降りだな。

――骨付きを炭火で焼いたらうまいぞ。

――おまえ自分を食う気か？

――痛《いて》えかな。

――当り前だろ。

――空腹か、痛みかそれが問題だな。

――オレはいくら痛くても大丈夫だ。

――オレはいくら空腹でも大丈夫だ。

――バカいうな。消化する前に死んじまうぞ。空腹よりはましだからな。いいから、オレを食え。二人で死ぬことはない。

――一緒にオレを食おうぜ。

――オレは食欲がない。

――じゃあ、オレ一人で食う。

弟はリュックからナイフを取り出す。Mは手を差し出し、そのナイフをこっちに寄こすよう弟を睨む。雪洞の中で燃えるろうそくは目玉焼のように平べったくなり、今にも消えそうだ。弟は自分の太腿にナイフを突き立てた。

あれから十年経った。Mは二十八になった。彼の背中や脇腹には年相応に脂肪の胴巻きが貼りついている。Mはカツ丼や天ぷら、焼肉やフライドチキン、夜中のラーメンやチャーハンが大好きになっていた。食い足りずに死んだ弟の呪いだろうか？　Mは弟と牛丼の早食いを競いたかったが、もう十年遅い。あの世の弟に聞こえるなら、叫んでもみよう。

——おまえの分まで食ってるぞ。

腹の足しにならない天上の食事に弟が満足するはずはない。

# ミイラになるまで

一九九九年一月三十日午後二時頃、釧路《くしろ》市に住む精肉業Sさんは雪におおわれた湿原でうさぎ狩りをしていたところ、朽ちかかったビニール張りの小屋を見つけた。猟師が弁当を食べるにはうってつけだと思い、一応「ごめん下さい」といって、中をのぞいてみたところ思わぬ先客に出喰わした。わらを敷いた台の上にミイラが横になっていたのである。防寒具をつけたままのミイラにはうっすらほこりと霜が積もっていた。露出した皮膚は暗褐色のひび割れた皮靴のようで、目は眼窩《がんか》に深くもぐり込み、乾き切っていた。顔の下半分はひげにおおわれ、下唇には白いカビが生え、腹は極端に陥没していた。どうやら死体は腐敗を免れ、うまい具合に干物となったらしい。それにしても悲惨なほど痩せ細った死体であった。生前からミイラになるのに都合よく痩せていたのだろうか?

わらのベッドの周りにはナタや爪切り、燃えつきたろうそく、水の入ったポリ容器や紙を燃やした灰が入った洗面器、そしてスーツケースと衣類が雑然と散らばり、枝を組み合わせて作った棚に本が十数冊とラジオが並んでいた。食器や食料、煮炊きした形跡は見当らない。こんなところで何をしていたのだろうか？　死体の脚のあいだには一冊のノートがはさまっていた。親切にも、この死体は自分の死因の説明書を身につけていたのである。そのノートには死に至るまでの経過が克明に記録されていた。

ミイラはその日のうちに回収された。ミイラは見つけたが、うさぎは取れず、Sさんは手ぶらで帰宅した。

死体の検視を行なった刑事調査官とH医科大の法医学教室ではノートの記述から、死因を飢餓による自殺と断定した。相当の覚悟と忍耐で断食自殺を遂行したはずだが、自殺の動機は不明だった。死者は推定年齢四十歳の男性、身長一七三センチ、体重三五キロ、死後百日くらい経過していた。氏名も職業も生前の容姿もわからず、身元確認は難航した。手懸りは死者の骨格の特徴や血液型、指紋、手記の筆跡などいくつかあったが、警察のデータバンクに登録されている前科者や捜索願の出ている行方不明者の中には合致しそうな人物はいなかった。まあ、変わり者であることだけは間違いない。どうやらこの死者は誰からも探されていなかったし、その死を悲しむ者もいない、世の中から忘れられた男だったようだ。死者本人もそのことはよくわかっていたふしがある。ここに死者の手記を全文紹介する。

1998　8／7　1日目

食を断つ。市内の寿司屋で最後の食事。食べ納めなのに、普段と同じくらいしか食べられなかった。安かったので、金がけっこう残った。自殺に必要なものはスーツケースに入っていたが、念のためスーパーに寄り、いろいろと買う。ろうそく、ホース、じょうご、ガムテープ、オーデコロン、爪切り、綿棒、ウェットティッシュ、胃腸薬、ブリキの洗面器、ビニール袋など。金はいざという時には必要だが、もう、いざという時が来てしまったようなので、余りはパチンコで使い果した。

自分の目的を誰にも邪魔されずに遂行するために選んだ場所がここ釧路湿原だ。私は釧路や北海道に縁やゆかりがあるわけでもない。ただ学生時代に一度ここへ来て、死ぬにいいところだと思った。サイクリングロードからはずれて、一時間くらい歩き、この場所にビニールハウスを設営することにした。木立ちをうまく利用して、三畳間くらいの大きさになればいい。太目の枝をナタで切って、四本の木の幹にわたたし、その上にビニールを三重にかぶせた。暗くなる前に一応の形はできた。それから慌てて、わらやよしを集めてきて、地面に敷いた。やぶ蚊が多いので、焚火をして、煙を出した。服がくんせい臭くなってしまった。

8／8　2日目

異常なし。わらを敷いただけでは床が湿っぽいので、枝を組み合せて簡単なベッドを作る。ついでに、持ってきた日用品や本を置く棚もこしらえた。水はけのために小屋のまわりに溝を掘る。よく働いた。夜、むしょうに腹が減り、水をがぶ飲みする。甘いものが食べたい。

8／9　3日目

ラジオでバッハの『音楽の捧げもの』を聞いた。じっと耳を傾けていたら、空腹感がスーッと消えていった。音楽は食えるものだったのか。夕方、便通あり。いわゆる宿便か？

8／10　4日目

全く空腹を感じない。水なしだと一週間、水があれば一ヵ月持つという。この自殺も一週間で完了すればいいと思うが、水なしはつらそうだから、一・五リットルのミネラルウォーターを持ってきた。まだ五〇〇CC残っていたが、さっきうっかりこぼしてしまった。これで死期が早まるか？

8／11　5日目

朝から雨。まだ当分死ぬなと空が私に命じたのだ。雨漏りするところや雨水が流れ落ちる軒のところに、曲げた細い木の枝で口を拡げたビニール袋を吊り下げ、飲み水を溜める。雨の日は太鼓の中に入っているようにうるさい。ラジオも聞けない。晴れたら、屋根にわらを載せておこう。一日中読書。

8／12　6日目

便通。これで腸の中は空っぽだろう。夕方、頭痛、腹痛に襲われる。モーツァルトを聞いたら少しよくなる。

8／13　7日目

夢を見た。今までつき合ったことのある女たちが全裸でフォークダンスを踊っている。私はその輪の中で地面に杭を打っていた。目覚めてから、オナニーをした。一週間何も食べていないのに勃起するなんて。しかし、オナニーのあと急に体が重く感じる。

8／14　8日目

時間が澱《よど》み、流れてゆかない。時計を見ていると、一秒が一分くらいに感じられる。もっと早く時がたつ時計が欲しい。ラジオを聞く時間を決めた。午後二時から四時まで。FMのクラシック番組がある。司会の女性は鈴を鳴らしたような声。彼女は私が出会う唯一の他人だ。食うものがなくても恋はできる。

8／15　9日目

眠る時間が多くなってゆく。目覚めている時はめまいに苦しむ。ビニールハウスがビックリハウスのようだ。誰か助けに来て欲しい。小便が近い。用を足しに外に出るのがだるい。大便は六日目以後ない。

8／16　10日目

雨。新鮮な雨水が飲める。雨音は私を不安にさせる。目を閉じていると、雨音が私を訪ねてくる人の足音のように聞こえるのだ。相手は死神だといい切るにはまだ時期が早いとも思う。ひょっとしたら、幸運の女神かも知れないと淡い期待も捨てられない。誰でもい い、話相手になってくれるのなら。

8／17　11日目

東京で仲よし中学生三人がグループで投身自殺したというニュースを聞いた。動機は不明だそうだ。ラジオが友達を紹介してくれた。

8／18　12日目

血尿が出る。頭はすっきりだが、全身がだるい。ベッドに横たわる時間が長くなった。読書。ベケットの『マロウンは死ぬ』。よく理解できる。断食しなければ読めない本だ。きょうはラジオに休暇を出す。

8／19　13日目

かなり痩せてきた。顔つきも亡者のよう。髭を剃ったら、少しはましになった。私は自分の肉を食って生き永らえている。

8／20　14日目

台風か？　暴風雨にビニール小屋がつぶれそうだ。昼過ぎ、風が一時収まったので、外に出、小屋を枝で補強した。もう体がいうことをきかず、重労働だった。

8／21　15日目

十五時間くらい眠った。ラジオをつけたら、ナイター中継をやっていた。新鮮な雨水を飲む。森の香りがした。全身が痛い。肉が内側から削られてゆくようだ。味噌を舐める夢を見た。

8／22　16日目

きょうも嵐だ。間近で何度も雷が落ち、そのたびに頭に響く。なぜビニール小屋の上に落ちないのか？　ラジオは夜になってから聞くことにする。闇の中に横たわっていると、自分が何処《どこ》にいるのかわからなくなるからだ。ラジオから漏れる言葉の一つ一つに答えていれば、自分を見失わないし、二時間はすぐに経つ。スイッチにはいつも指をかけていて、眠くなったらすぐに切るようにしている。時々、ラジオでいっていることがあまりにバカバカしく、すでに自分はこの世の放送をあの世で聞いている気になる。

8／23　17日目

小便に血が混じっていた。高校生の頃、ハンドボール部の合宿でしごかれて、血尿を出したことがあるが。断食はスポーツだったのか。夜になって、胃がチクチク痛む。腹を押さえ、丸くなって、演歌を聞いていたら、ますます痛くなった。

8／24　18日目

脇腹や背中についていた脂肪はすっかりなくなった。減量をしたボクサーのような顔だ。目だけがギラギラ光っている。今誰かが私を見たら、恐れをなして逃げてゆくだろう。私はだんだん白骨死体に似てゆく。何も食べたいと思わない。空腹を感じる神経が消滅してしまったみたいだ。拒食症の人の気持がよくわかる。空腹も度を過ぎると、食物のことを考えただけで胃が痛くなるのだ。もし、ここでラーメンや天丼やカレーをガツガツ食べたりしたら、私はショック死するはずだ。もはや、私の胃袋は食物を病原菌同様異物として排除するだろう。

今夜は明るい月夜だった。こんな夜に死にたい。でも死ぬなら昼間がいい。生命は干潮の時に死ぬという。午前〇時前後か、午後〇時前後。私は光あるところで死にたい。

8／25　19日目

日中は腹痛と頭痛に苦しむ。昼過ぎ、珍客がある。むかでがベッドの上を這っていた。食べる気は起きなかった。残酷な親に狭い部屋に閉じ込められ、一切食物も与えられなかった子供は虫や耳を齧《かじ》りに来たねずみをつかまえて食べていたという。子供を虐待する大人は一度断食の刑に処したらいい。

8／26　20日目

吐き気がする。吐くものなんて何もないのに。起きてからしばらく、脂汗を流していた。昼頃、普通の腹痛に戻る。

今ならまだ間に合う。ここに来た時通った道を逆に辿ってゆけば、生の方に戻れる。ほんの一時間も歩けば、誰かに出会えるだろう。私にはやましいところはない。警察やヤクザに追われているわけじゃなし、世間に名が知れても困らない。断食は罪ではない。一週間もすれば、体重六十五キロの元の体に戻り、あと二、三十年は生きるだろう。いや、生かされることになるだろう。今まで通りこの世の利害とは何の関係もないまま。この世は自分が生きてゆくには都合よくできていないから、あの世に移住届を出した。もう取り消しは利かない。

この世には格別未練も感じない。それなりの覚悟で、断食自殺の準備をした。死に方次第で自分の取るに足りない人生も逆転できると思ったからだ。切腹にしても、武家社会という一種のサラリーマン社会で他人の出世の土台にしかなれなかった連中が最後の最後になって男を上げるために打ち上げるハレの儀式である。我を通すのは感情面だけで、主義主張で自分を表現する機会が一度もなかった間抜けな人々に一度でも他人に尊敬される機会を与えてやろう。それが切腹という儀式ではないか。現世でかいた恥も切腹で御破算にできる。

もし、私が切腹を試みても、笑われるのがオチだ。三島由紀夫さんは半分冗談、半分日本の社会に対する悪意で腹を切ったが、それは「今より誰も切腹してはならぬ」と将来腹でも切ろうと考えている連中に警告するようなものだった。私も三島さんに呪われた。だから、切腹以外の死に方を考えた。それが断食自殺である。

私はすでに死の登録を済ませているが、順番がくるのはもう少し先だと思う。八月七日に食を断ち、きょう、ちょうど生と死の半分のところまで来たのだと思う。だから、迷いが生じたのだろう。きょうで二十日目だから、たぶん、四十日目に迎えがくるはずだ。私はちょうど半分死んでいる。腹痛や頭痛はそのせいだろう。あしたから痛みが減ってゆくことを願う。夜、小雨が降る。

8／27　21日目

きのう遺言を書いてしまったので、もう書くことがない。腹痛は相変わらずだ。ベッドのわらが湿ってきたので、陽《ひ》に当てて干す。少し動くだけで息苦しく、動悸も激しくなる。濡らしたタオルで体を拭《ふ》く。汗は一切かかないし、体の脂も出てこない。新陳代謝はとっくに終っているみたいだ。

死ぬ前に誰かが私を発見したら、どうしよう？　大人しく断食をやめるか、自分の意志を説明して、立ち去ってもらうか。ここは全く人の声も気配もしないところだ。誰かがここに来たら、それは「生きろ」と何処かの神が命令したものと考えよう。

夕方、虫の声が聞こえた。私は一人ではない。

8／28　22日目

昔テレビで見たエチオピア難民の子供のように腹が膨張してきた。なぜこんなに腹が痛いのか？　何も食べていないのに。食物の夢を見るのが怖しい。他人が食べているスパゲッティを背後から盗み食う夢で目覚め、それからずっと腹痛が続いている。食物のことを思っただけで反射的に胃袋が動き出し、腹痛を起こすに違いない。

8／29　23日目

腹痛に耐え切れず、胃腸薬を飲む。これから死のうというのに薬を飲むのもおかしな話。夕方、耳掃除をしておく。

8／30　24日目

水がまずい。腹痛の原因は水あたりかな。夏なのにとても寒い。セーターを着ても震える。頭だけが冴えている。きょうは『神曲』の『地獄篇』を読んだ。私は信仰心を持ったことがないが、世界に数多くいる神々に対しては礼儀正しくありたいと思う。何処かの神がお情で私を拾ってくれることもあるだろうから。『地獄篇』を読みながら、あの世で最初に誰と会うか考えた。読書に疲れて、ラジオをつけたら、「きょうも人生を美しく磨きましたか？」と爽やかな女性の声でたずねられた。こういう女性が黄泉《よみ》の入口の受付にいたらいいのに。

8／31　25日目

きのうよりは少し楽になった。歯を磨き、髭を剃る。昼過ぎに雨が降り出し、嬉しさに裸で外に出、髪と体を洗った。清潔な死体になった方が人に喜ばれるだろう。

9／1　26日目

手足の太さが半分になった。顔も掌に入るくらい小さくなった。頭蓋骨の上に皮が貼ってあるだけだ。一ヵ月前の私が今の自分を見ても、他人としか思わないだろう。体重も三分の二になったと思う。しかし、体は重い。腹痛、頭痛に加えて、手足がしびれてきた。目もかすみ、読書が困難になる。ふと、掌を見たら、生命線に横の切れ込みが何本も走っていた。死の予兆か？　しかし、死のうとする意志に反して、肉体は生きようと抵抗する。それが苦痛になって現れる。

9／2　27日目

首を蚊に刺される。こんな血の気の失せた男からも血を吸ってゆく蚊はよほど飢えているのだろう。奇妙な友情すら感じる。首は痒いが、私の血を吸った蚊に「神の御加護を」と呟《つぶや》いた。私も優しくなったものだ。

9／3　28日目

きのううっかりラジオをつけっ放しで眠ってしまった。いろいろな夢を見たのはラジオのせいか？　プロ野球の放送席に長嶋と見覚えのないインド人が坐っている。長嶋は明るく、支離滅裂なことを話し続けていた。「いやあ、黄泉の門の前には長い行列ができていましてね、ホットドッグやコーラも売っているんですが、それを買ってしまいますと、あとで困るんですね。従いまして、ハングリー精神こそあの世では必要なんでしょう。私も自殺してから、ずいぶん待たされて、今ではこうしてあの世の放送席で解説もしているわけですが、いやあ何といいますか、死ぬにもガッツが必要なんですね」私はその言葉にとても励まされた気がした。あるいはこんな夢。小人が植物人間になって咲いている花園を真赤な電車が蛇行しながら走ってゆき、その窓からバナナがばらまかれる。また、私の体が引き延ばされ、折りたたまれ、振り回され、しまいにはラーメンの麺になる夢も見た。

頭だけが活発に働いている。

9／4　29日目

寒い。一日中毛布にくるまっていた。手足の先まで血液が回らないようだ。一キロ歩けば、サイクリング道路に出られる。助けを求める最後のチャンスだと思っても、心は動じなかった。行き倒れるのは嫌だから。もう死ぬほか道はないと思うと、気が楽になった。ここで寝ていられる。上半身はわりに楽に動かせるが、下半身が弱っている。一瞬、運動不足のせいだと考えた自分はバカだ。

9／5　30日目

今までで一番、胃の痛みがつらい。胃薬を飲んだ。あしたあたり死ぬだろう。きょうでちょうど一ヵ月。

9／6　31日目

苦痛があるから、生きている。

9／7　32日目

ラジオの音が小さくなってきた。私の伴侶も弱ってきたのだ。私の声がしわがれてゆくように。私は一ヵ月何も食べなくても生きているのに、ラジオは電池が切れたら、もう声を出さない。

靴下を二枚はき、セーターを着、防寒コートも着ているのに震えが止まらない。もう湿原には冬が来たみたいだ。このままでは餓死する前に凍死するかも知れない。外に出て焚き火をしようにも薪を集めてくる体力が残っていない。一杯のお茶があれば、天国気分になれるのに。

9／8　33日目

腹の痛みには周期がある。何分かおきに湯を吹き上げる間欠泉のように痛みが襲ってくる。肉体は大地のリズムに呼応しているのかも知れない。痛みに耐えている時は考えることすらできないが、痛みが収まっている時はこうして手記を書くこともできる。即身成仏をした坊さんもしばらくは頭痛や腹痛、悪寒に悩まされたと思う。それも信仰心で耐えたのだろうが、信仰心を持たぬ私は意味もなくただ耐えている。崖から飛び降りたり、首を吊ったりすれば、すぐに死ねるのに、わざわざ私は苦痛を一ヵ月以上味わいつくしてから死のうとしている。もうバカらしいからといってやめるわけにもいかない。身投げしようにも崖まで行く力がない。首を吊ろうにも手頃なひもがない。

日中は痛みさえなければ平安に過せるが、夜は闇そのものが苦痛だ。ラジオは蚊の鳴くような声しか出さない。ろうそくはあと三本残っている。眠れない夜のために取っておこう。

9／9　34日目

前夜の寒さは体中に針を刺される感じ。寒さを通り越して痛い。ついろうそくを使ってしまう。脈が異常に早い。心臓が血液を全身に送り、体温を上げようとしているのがわかる。肉体は生きるのにやっきになっている。

日中、小雨が降る。野鳥のさえずりが心をなごませる。誰かが小屋の近くまでやってきた気配を感じ、「こっちですよ」と叫ぶ。あの世へ私を運ぶタクシーの運転手が道に迷って、私を探しあぐねていると思った。三途の川まで徒歩で行くことはできない。足腰の自由が利かないんだから。

自分が死んでゆくさまを観察したかったから、こうして断食自殺をしているのだが、朝から晩まで死ぬことばかり考えるのも退屈だ。ところが、鳥のさえずりを聞きながら、ぼんやりしていたら、何のことはない、私は断食を始めた時にすでに死んでいるのだと思い、気が楽になった。生はあと残り数パーセントなのだ。

9／10　35日目

ラジオが先にくたばったので、夜が怖しい。昨夜はいつになく、暗かった。真暗闇の中ではこの私も消えてしまう。腕を伸ばしても、舌を出しても、まばたきをしても私はいない。私の代わりに誰かがいるかも知れない。夜中に目覚めると、ここはあの世かと考える。暗闇には主語も動詞も形容詞もない。現在形も過去形も未来形もない。ただ想念だけが脳の中でクルクル回っている。この想念はいつも途中で、始まりも終りもない。ただ自分が不在だという不安を少しでも和らげるために何かを考えずにはいられないのだ。一度目覚めてしまったら、陽が出るまで眠ることはできない。考えるのをやめたら、心はうろたえ、恐怖の叫びをあげる。叫び声はしわがれた、おぞましい声だ。足元の方から闇が薄らいでくると、一瞬、死を忘れられる。光は薬、闇は毒だ。もっとも、朝を迎えた喜びもつかの間、今度は生の苦痛、あの刺すような痛みが死ななかったことの交換条件として私に課せられるようなのだ。もちろん、闇の中でも胃は痛いし、頭も痛い。日中の痛みよりずっと。たぶん、夜の痛みは死の痛みで、日中の痛みは生の痛みなのだろう。どっちにしても、痛いなんて、全く割に合わない。切腹の方がよっぽど楽だ。餓死に較べたら、切腹も首吊りもピストルで撃たれるのもビルから身を投げるのも毒やガスで死ぬのもみんなレジャーみたいなものだ。スパイは青酸カリを常備していると何かで読んだ。いざという時に責任逃れの薬を飲む覚悟はできているわけだ。でもその場合、スパイは他人の都合で死ぬことになる。死ぬ時くらい自分だけのために死ねばいいのに。自殺の方法は様々あるが、断食自殺は長いあいだ自分と向き合い、自分と闘う、極めて個人的な死の形式だ。これは本当に割の合わない死に方だ。でも、三十五日間もその苦痛に耐えてきたことを私は誇りに思う。誰も真似をしたがらないことをしたのだ。

9／11　36日目

気休めにラジオのスイッチをひねったら、聞き覚えのあるオペラが鳴った。電池が少し回復したのだ。一時間ほど聞いていられた。身体中に元気が戻った。死ぬ勇気も湧いてきた。

9／12　37日目

雨が降ったりやんだり。鳩は世界を二つに分けて認識しているらしい。水のある世界と水のない世界。人間は脳の中に様々な世界を作ることができる。生きているうちから死後の世界を考えられるのだ。しかし、その能力がわずらわしいと感じる時もある。今は何も考えずただ死んでゆきたい。末期の癌患者が安楽死を求める気持がよくわかる。

9／13　38日目

私の電池はまだ切れない。呼吸が少し乱れる。手を伸ばせば、触れられるぐらい死は迫っているのを感じる。肛門やひざ、背中の鈍痛がひどくなってきた。魂が肉体から離れてゆくためには大きなエネルギーが必要なのだろう。魂は肉体を食い、エネルギーを貯めている。もう少しで離れることができるだろう。もうロケット打ち上げの秒読みに入っていると思う。

9／14　39日目

筆跡が変わってきた。漢字もなかなか出てこない。あの世の暮しは楽しいかな。

9／15　40日目

きょうが死ぬ予定日だ。もう立つことができない。そういえば、釈迦も断食をして生き方を発見したし、モーゼもちょうど四十日間の断食をして、神から律法をもらった。イエスは四十日間、悪魔の誘惑と戦うために断食をした。私も聖人と日数のうえでは並んだが、何も悟るものはなかった。しかし、四十日も断食したあと、彼らは自分の足で民衆のいるところへ歩いて戻ったのだから、すごい体力だ。私はもう歩けない。死体になるのを待つだけだ。別に聖人になる野心などないが、足腰をもっと鍛えておけばよかった。健康には自信があった。これまで病気らしい病気をしたことがない。入院したのは草野球で足を骨折した時だけ。

いずれ寝たきりになるだろうと、特別設計のトイレは作っておいた。大きめの蓋つきじょうごをベッドの下に設置し、ホースに連結して、小屋のまわりに掘った排水溝に流すしくみだ。ペニスは干からびて、惨めだ。小便はポタポタと滴が落ちる程度。

9／16　41日目

昨夜はろうそくをともし、四十日の断食に耐えた聖人たちを祝った。体は痛いが、気分はよかった。聖人が身近に感じられ、イエスも釈迦も自分の友達のようだった。

9／17　42日目

足腰はすぐ駄目になるが、脳は栄養がなくてもよく働く。消費電力が少なくて済むのか？　日中、夢をたくさん見た。

9／18　43日目

きょうはいい日だ。闇の中一度も目覚めることなく朝を迎えられた。カラッとしたいい天気だった。痛みや寒けは相変わらずだが、それを感じる体も小さくなっていると思うと、気休めにはなる。皮膚は干あんずのようになってきた。嫌な臭いもする。これが死臭なのだろう。オーデコロンを振りかけた。芳香を放つ死体になるに越したことはない。

昼過ぎに雨。午前と午後一度ずつの小用が重労働だ。水は舐める程度にしか飲んでいないのに、小便は出る。まあ、この重労働も意識あるうちだ。そのうち昏睡状態になり、小便も垂れ流し。やがて、心臓が停止し、その反動で魂が飛び出すだろう。

9／19　44日目

今までで最も苦しい腹痛と頭痛だ。昼頃と三時頃の二回、意識を失った。辞世の文句を考えておいた方がいい。

夜になって、十五日に使ったろうそくの残りに火をともす。隙間風に炎が揺らぐ様子を観察していた。まだ読んでいない本が三冊ある。どうせあの世では役に立たない本だ。『神曲』を一枚ずつ破りながら、洗面器の中で燃やした。

9／20　45日目

引き裂かれたブラウスに穴だらけのストッキング、泥のついたスカートといういで立ちの若い女性がいつの間にか私の枕元に立っていた。私の知らない女性だ。今さら何が起きても驚きはしない。あの世から迎えが来たのだと思って、手を差し出し、「さあ何処へなりと連れてって下さい。痛いわ寒いわでやり切れませんから」といった。

何処にも行くところはありませんよ。

女性は投げやりに答えた。

あなたはあの世から来たんでしょ。

まだあの世には行ってません。

それじゃ、あなたは生きてるんですか。

何ともいえません。

彼女は悲しそうな横顔をこちらに向けて身の上話を始めた。

私はずいぶん昔、ベレー帽をかぶった画家気取りの男に森で強姦されて、殺されました。私はあの世に運ばれてゆくんだろうと思いましたが、いつまで経っても迎えが来ないので、自分で歩いて行こうとしました。何とか三途の川のほとりまで辿り着いて、船に乗ることは乗ったんですが……

あの世に着かなかったっていうのか。

船の客は私一人で、船頭は私を船から降ろしてくれませんでした。彼がいうにはあの世なんてないというんです。

そんなバカなことがあるものか。

あの世はこれから死のうとしている人々を安心させるための幻想なんだそうです。死者の心が安まるような場所は何処にも用意されていないんです。

話が違うような気がする。では死者は一体どうしたらいいのか？　あの世がなければ、永遠にさまよい続けることになるではないか。

最初、船頭が嘘をいっているのだと思いました。あの世に連れて行って欲しいと何度も頼みましたが、そんなところはないの一点張りでした。川ですれ違った船頭にたずねても、答えは同じでした。

それであなたは今何やってるんです。

船頭は私をいろいろなところへ連れて行ってくれます。喜望峰や南極、死海にもバイカル湖にも連れて行ってくれました。彼は本当に私によくしてくれるので、今も一緒に暮しています。

ここへはどうやって来たの。

アマゾン川を通って。

あなたの連れ合いは。

そこにいます。

女が指差したところ、ビニール小屋の外の湿地に泥だらけの小さなヨットが浮いていた。

私はどうしたらいい。

女は私の質問に答えず、小屋から出て行った。「待ってくれ」と叫ぶと、ヨットは跳ねるように立ち去ってしまった。ふと、我に帰り、よく見ると、船と見えたものはうさぎだった。不吉なうさぎめ。今夜あたりが最後かも知れない。

9/21　46日目

生きている。本当にあの世がなかったらどうしよう。死後も夜の恐怖や全身の苦痛が続くのだとしたら、死にたくない。死は苦痛の解決策にはならないのか。いやそんなことはない。脳が疲れているだけだ。信仰心がないから、あんな妄想が起こるのだ。ふと、『帰ってきたヨッパライ』の歌詞を憶い出す。酒がうまくて、ねえちゃんがきれいなところに私は行けるのだと何度も自己催眠を繰り返して眠りにつく。

9／22　47日目

寒い。特に小用を足したあとは全身に冷水をかけられたようだ。腕の力もなくなってきた。寝返りを打つ時、マジックハンドで操作しているような感じだ。動悸が激しい。

9／23　48日目

三途の川でいい船頭に会えればいいな。

9／24　49日目

私の魂が弱いからなかなか離れてくれない。もう体の痛みから解放してくれ。胸が圧迫される。自分が脱ぎ捨てられた靴下になった気分だ。もう内臓がなくなった。

9／25　50日目

山手線の終着駅は何処だ。もう何十周も回っている。苦痛の各駅停車だ。早く車庫に入りたい。

9／26　51日目

骨と心臓があれば、生きられるのか。十月になる前に死ぬつもり。

9／27　52日目

あの世の入国審査官に手紙を書いておかないと。二、三日中に私の魂が到着する予定です。ちゃんと受け取って下さい。

9/28　53日目

もう飽きた。さようなら。

9/29　54日目

あの世の王、管理人、支配人？　いなくなった。あの世は砂漠になったか、砂漠では魂も退屈するから、船に乗りたい。しかし金がない。

9/30　55日目

自分が生きていると思うと、笑いたくなる。ギネス・ブックに載るだろう。

10/1　56日目

吐き気がする。胸が苦しい。吐けばすっきりすると思う。きっと魂を吐くのだ。

10/2　57日目

苦しい、死ねない。

10/3　58日目

吐き気。早く船に乗りたい。

10/4　59日目

ラジオから笑い声が聞こえる。

10/5　60日目

誰か来た。

10／6　61日目

いろんな人がいる。川がこっちに流れてくる。

10／7　62日目

光っている。

＊『法医学の実際と研究』（27：145〜152（1984））所収の報告『飢餓死の一例』を参考にした。

＊この作品を作者の敬意とともに世界中のハンガーストライカー、断食行者、拒食症患者の皆さんに捧げる。

# 解説

青山七恵

一人の作家が成熟するとはどういうことだろうと、ときどき考える。成熟、という言葉には、どこか借り物めいた予定調和の響きがあるので、少なくとも、書き続けるとはどういうことだろうと、ときどき考える。

ラディゲのように、早熟な……というより、若くしてたまたま完璧だった作家もいるが、ラディゲは二十歳で死んだ。生き続け書き続けるものは、流れていく時の渦に巻き込まれ、常に内外からの変移を強いられる。当然、ひとつの渦からほかの渦へ流転していく過程で、つかのまの道連れを得たり失ったりするだろうし、作家としてのそのときどきの興味の対象も、言語との関係性も変わっていくことだろう。

しかし、どんなに激しい変遷を重ねたところで、小説に向きあう作家が常に一人きりで、世界と対峙することだけは変わらない。せりだした崖のさらに先っぽのようなあやういところで、現実世界と内面世界とのきしみやずれを、作家は自らの言葉によって、常に更新していかなければならない。私は二十代のころ、そういう作業に身を尽くそうと腹をくくり、何度も滑落の危機と逃避を繰り返しながら気づけば十年の時間が経ってしまったが、こんな正気の沙汰とは思えないようなことをこのさき十年、二十年、三十年、いまと同じ力を尽くしながら発狂せずに続けていけるものなのだろうかと、ふと恐ろしく思うことがある。そんな人間にとって、長く書き続けている作家は、長く書き続けている、まずはその一点のために、常に謎めいた存在であり、祈りを捧げる神殿のような場所であり、遥か彼方から光を投げかけてくれる希望の星々であり続ける。

島田雅彦が「優しいサヨクのための嬉遊曲」で小説家としてデビューしたのは一九八三年、二十二歳のときだった。この短篇集におさめられている七篇の小説は、そのデビューから八年のあいだ、いわゆる彼の「若手作家」時代に発表された作品群だ。いちばん古い作品が八四年の「聖アカヒト伝」、新しい作品が九〇年の「断食少年・青春」「ミイラになるまで」ということになるが、いまから二十五年から三十一年前に発表されたこれらの作品群には、一読して、まったくふるびた感じがない。それどころか、これは二、三百年後の未来に宇宙から到来した知的生命体の手によって、偶然日本語で書かれたルポルタージュだ、と言われても信じてしまいそうな、得体のしれないものめずらしさがある。普遍的な新しさ、というのはパラドックスかもしれないが、少なくともここには、読者の凝り固まった自我を瞬時に毒していくような、新鮮な即効性を保った言葉が連なっている。この即効性は、二〇一五年を生きる「若手作家」からすれば、かなり脅威的だ。自分はなんというぬるい時代に、なんという手ぬるいことをやっているのだろうと、頭を抱えたくもなる。

ぬるい、と書いてしまったが、それは私個人のぬるさであって、いまの若手作家を取り巻く環境は、ぬるい、というか、優しい。その優しさは、「優しいサヨク」の青年たちの優しさからアイロニカルな毒性を除去した、かなり素朴な優しさだけれど、逆にその素朴さが、どことなく似通っている気もしないではない。出版不況にもかかわらず、同年代の若い作家はほとんど暗い顔を見せず（ただ、それぞれひとりになって小説と向かいあうときには、ぬるくも優しくもない、厳しい時間を過ごしているはずなのだ）、愚痴をこぼせば優しく相槌を打ってくれるし、編集者も同様に優しい。新人賞の選評などを読んでも、自分のことでなくてよかった、と思わず胸をなでおろすような激烈なコメントはあまり見かけない。お酒の席などでも、若い作家たちは取っ組み合いの喧嘩などすることはなく、ほのぼのと団らんしているが、あと十年、二十年後、いつまでこの優しい雰囲気が持続するのだろう、そして、自分もふくめてこのなかのどれくらいの作家が書き続けていられるだろうと考えると、途端にうすらさむくなってくる。

若手作家時代の島田雅彦が、このようなうすらさむさを感じていたかはさておき（おそらく、感じていないと思うが）、少なくともこの短篇集に満ちている「気分」のようなものは、二〇一五年の「若手作家」である私にも、なんとなくわかる。たとえば「観光客」の冒頭で書き記される「ヌメヌメとした気分」、それはいま現在の私の気分にほかならないし、「聖アカヒト伝」では、降り注ぐ泥のなか理性を失って無邪気に戯れる大衆の姿に、マゾヒスティックな神経回路が震え、不快と快のスイッチが点滅するのを感じる。解剖学者の孤独が、堕天使の倦怠が、みなし子電波が、断食少年の自意識が、ミイラになりゆく男の恐怖が、やはりおそるおそる言うが、なんとなくわかる。この、極めて曖昧でありながら純粋で口にもしやすい、「わかる」という感覚は、優れた小説と触れあったときの原初的で、かけがえのない感覚でもありながら、命取りにもなりえる感覚だろう。なぜなら優れた小説は、読者より何枚も上手だから。本書におさめられた七篇の小説は、知性と想像力を武器ではなく空飛ぶ絨毯に変え、崖の先っぽなどには拘泥せず、不敵な笑みを浮かべながら世界を縦横無尽に駆けめぐりはじめた若い作家の、胸躍る冒険譚でもある。

短篇集の冒頭に置かれた「観光客」では、記憶をなくした主人公の青年が、行く先々で関係性の実践と考察を試みながら都市を彷徨う。いきあたりばったり、変幻自在に自我を変形させる節操のなさは、混沌をねずみ算式に再生産するだけで、青年の像は最後まで焦点を結ばず拡散していく一方だ。しかしながら、この短い小説に漂う妙にあっけらかんとした、ほのかな幸福感は、いったい何に由来しているのだろう？　己の自我の「観光客」

っている。

となること、「言葉を話すゴキブリ」にしかたどりつけない桃源郷の気配が、結末には漂っている。
「聖アカヒト伝」の悪夢は徹底している。独裁者アカヒトによって、ヒエロニムス・ボスの奇怪な祭壇画に描かれるようなナンセンスと暴力にまみれ、グロテスクに発狂していく大人国の狂躁を、単なるブラックな寓話として笑い飛ばすことは難しい。バージョン違いのアカヒトは、いまや地上の至るところに点在している。一部の知的アカヒトはテクノロジーを暴発的に発展させることによって、その利便を喜んで享受する多くの凡人たちを幼児化させていくことだろう。そのような世界で正気を保つためには、〝脱正気〟という鉄のゆりかごに戻っていく道しか残されていないのかと思うと、暗澹たる気分になってくる。

グロテスクな乱痴気騒ぎのあとには、一転して、ひとりの解剖学者のささやかな暮らしぶりが描かれる。「ある解剖学者の話」に登場する中年学者は、骨というオブジェに執着し、チンパンジーを教育し、散歩の途中にたぬきそばを食べ、丸善に檸檬を置くようにパチンコ玉にささげを混入させる、つつましい小市民だ。彼自身、あるいは彼と親しい周辺人物によって、そのひととなりが少しずつ語られていくが（アンジェラの語りには、なんだかほろりとさせられる）、それらの声を重ねてみると、各自の個性と肉体の気配はどこか希薄になり、骨と骨のすきまを通り抜けていく風のささやきに似たものと化していく。

そのささやきは、すでに解体され分散されたひとつの自我の、ポリフォニックな語りなのかもしれない。

「砂漠のイルカ」では、カラオケ・バーで新人堕天使に出会ったベテラン堕天使が、堕天使の処世術を淡々と語り、地上の倦怠から逃れる唯一の救いは、夢を見ることだと説いている。そしてその晩自ら、羽ではなくペニスを軸にしたヘリコプターで空を滑走し、天国が降ってくる夢を見る。天地が逆転したところで、孤独な堕天使の安住の地は容易くは見つからないだろう。翼を失った彼らは永遠に夢を見る者として、砂漠を彷徨い続けなくてはならない。

　堕天使、砂漠、彷徨というモチーフは、「アルマジロ王」にも色濃く引き継がれている。アメリカ帰りの主人公「島田」は、己の分身であるような幼なじみの霊魂に導かれ、みなし子たち――砂漠で一人生きてゆこうとする者たち――の救世主、アルマジロ王を探し出す旅に出る。巡礼の旅の途中で出会うマドカという女性の魅力的な存在感は、この短篇集のなかで、突出している。いきいきとした生命力がみなぎり、セックスも食も自然も全身で謳歌して生きる彼女は、〝みなし子電波〟で主人公と結ばれているが、救世主アルマジロ王の守護は特に必要としていないようだ。旅の終わり、「みなし子にして万人の友達たること」を天職として見いだした主人公に、若い作家の姿を重ねることもできるが、直後に到来するカタストロフは皮肉に満ちている。

「断食少年・青春」では、食欲も性欲も希薄な青年Mの青春時代が描かれる。Mの家族は異常なまでに食意地が張っていて、旺盛すぎる食欲で彼の拒食をさらに圧迫していくのだが、この食いしん坊の家族は「アルマジロ王」のマドカのように素朴でいきいきとしており、さらにマドカよりやや卑小な感じがするという点で、読者の目にはいっそう好ましく映るかもしれない。しかし彼らは、その素朴さのために、Mがただの〝食欲のない少年〟として存在することを許さない。主人公であるMは、どこへ行っても自らを語る言葉を奪われ、幽閉された自我は拡散も転移も許されぬまま、凡庸な中年男性の贅肉を押し込むための鋳型へと変質せざるをえない。

そしてこの短篇集のタイトルにもなった「ミイラになるまで」は、北海道の釧路湿原で断食自殺を試みた男の、言葉どおり「ミイラになるまで」の壮絶な記録である。「断食自殺は長いあいだ自分と向き合い、自分と闘う、極めて個人的な死の形式だ。」と手記に記すこの男は、なぜわざわざ、そんな苦痛に満ちた死にかたを選ぶのか。理由は「自分が死んでゆくさまを観察したかったから」とだけしか書かれず、それ以外の動機も、男をそんな決意に導いた過去も、いっさい語られない。この死に場所においては、彼に「断食自殺を試みる男」以外の存在のありかたを強制する者は誰もいない、いるとしたら、それはわれわれ読者である。しかし、いっさいの過去を捨て、ひたすら死へ向かう己の肉体、苦痛、降り注ぐ雨と夢と読書の記録に身を捧げ、孤独と苦痛を極限まで味わいつくしてから死のうとしているこの人間ひとりの真摯さに、いったいどんなストーリーが必要だというのだろう？　この作品は、「断食少年・青春」とほぼ同時期の一九九〇年に書かれているが、手記が始まる日付は、「１９９８　８／７」、つまり執筆時期の八年後だ。饒舌な作品群の最後にさりげなく置かれたこの手記の主は、砂漠を彷徨ったすえにようやく安住の地を見つけた堕天使だったのだろうか。二〇一五年現在でも、この作品は予言書めいたほのかな輝きと磁力を帯び、彼が最後に目にした光のほうへ読者を手招きしている。

みなし子堕天使たちに導かれ七つの冒険に没頭したのち、この短篇集を改めて俯瞰してみると、一人の作家の内部で渦巻く無数のブラックホールが、互いに衝突しては飲み込みあっている光景を目の前にしているような錯覚に陥る。その衝突から上下に勢いよくジェット噴射される言葉の分子たちは、宇宙に拡散しながら、母なる虚無を指差して笑っているようだ。しかしこの混沌にささやかな秩序と緊張感を与えているのは、すべての作品に一貫して、明晰で美しい筋力を感じさせる島田雅彦の文体である。一つのセンテンスはしなやかに次のセンテンスに接続し、その運動がさらなる言葉の運動を呼び込み、その一連のスムーズな流れは、作品自体が指し示す混沌や虚無の方向とは真逆に、いかにもはつらつとして新鮮なのだ。たとえば「ミイラになるまで」の冒頭レポート部分にさりげなく挿入された、「ミイラは見つけたが、うさぎは取れず、Sさんは手ぶらで帰宅した。」という一見なんでもないような一文、私はこの一文を十回以上も繰り返し唱え、その運動の成果を確かめずにはいられなかった。即効性だけではなく、時代を超えて持ちこたえる持続性をも有した作家の毒は、活発な新陳代謝機能を備えた健康的な言葉にしか宿り得ないのかもしれない。

しかしながら改めて、ここに惜しみなく発揮されている強烈な才気が作家自らを感電死させてしまうことはないのかと、三十年後の若手作家に身の程知らずの老婆心までも覚えさせるこの作家が、いまもなお精力的に作品を発表しつづけていることには、心からの敬意を抱きなおすしかない。三十年以上の時間、第一線で書き続けてきた彼が立っている場所、そこから見えている眺めは、時とともに落ち着きを得ていくどころか、より戯画的に、混乱の度合いを増しているようだ。現実のスラップスティックが小説のスラップスティックを凌駕する——安倍政権下の現時代がそんな逆転の危機を迎えつつあることは、彼の最新作『虚人の星』を読めばよくわかる。個人の確固とした自我、時代の頑強なマジョリティの権威に、一貫して自壊と拡散を促しつづけてきたこの作家の毒は、私たちひとりひとりがより自覚的に、内外に向かって思考することによってしか、解毒されないのだ。

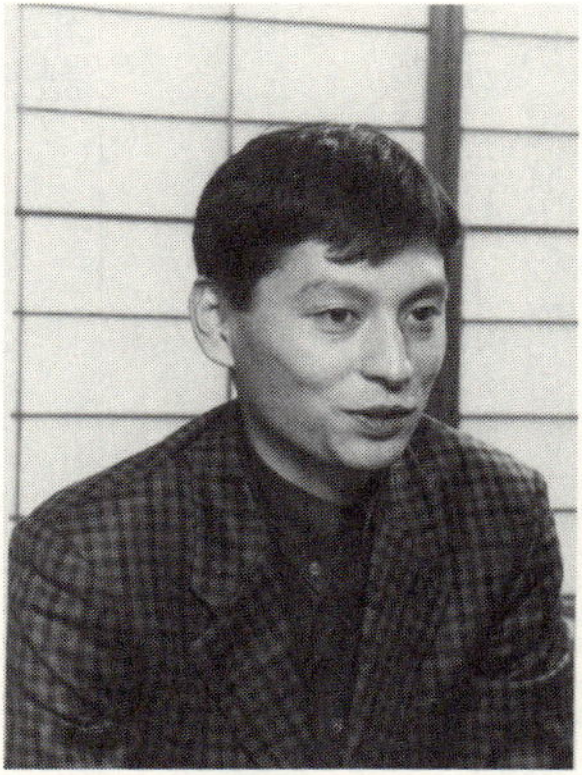

右上／著者一九八三年（野間文芸新人賞授賞式）
左上／著者一九九二年
左下／著者近影（二〇一五年、講談社図書館にて）

# 年譜

島田雅彦

**一九六一年**（昭和三六年）

三月一三日、東京都世田谷区深沢に生まれる。福岡県太宰府出身の父・正雄は紳士服のセールスマンを勤めたのちに独立。父母と八幡製鐵の社宅に暮らす。

**一九六二年**（昭和三七年）　一歳

弟・克己出生。

**一九六五年**（昭和四〇年）　四歳

神奈川県川崎市多摩区に転居。

**一九六六年**（昭和四一年）　五歳

中野島第二幼稚園に通う。弟・克己が雨で増水した小川で溺れるが生還。秋、猩紅熱《しょうこう》にかかる。

**一九六七年**（昭和四二年）　六歳

川崎市立菅小学校に入学。小学三年生頃から書店通いをはじめる。一〇歳で登山とスケートに目覚め、一一歳で柔道の道場に通い始める。

**一九七三年**（昭和四八年）　一二歳

川崎市立中野島中学校に入学。中学時代は、江戸川乱歩、新田次郎、五木寛之、三島由紀夫、太宰治、大江健三郎、安部公房、サリンジャー、ポーなどを濫読。ダリやキリコの絵に影響を受ける。自然愛護部に所属し、サイダー作りや花火作りに熱中。三年生頃に、小説家になろうと決意。小説誌の新人賞に応募するようになる。

**一九七六年**（昭和五一年）　一五歳
神奈川県立川崎高校に入学。被差別部落や在日朝鮮人差別の問題を初めて知る。『ツァラトゥストラはかく語りき』に感銘を受ける。文芸部に所属。「原始回帰文芸誌『諸行無常』」を責任編集。『エピステーメー』を愛読。

**一九七七年**（昭和五二年）　一六歳
シュールレアリスムに熱狂。フロイトを耽読。自動筆記、夢日記を試みる。アヴァンギャルドの映画、油彩画やコラージュに凝る。一一月、伊勢丹で開催された「寺山修司の世界」に行き、寺山からサインをもらう。

**一九七八年**（昭和五三年）　一七歳
マーラー、ブルックナー、バルトーク、ドビュッシー、ブーレーズ、シュトックハウゼンらの音楽に耽溺。独学でバイオリンを始める。

**一九七九年**（昭和五四年）　一八歳
受験に失敗し、駿台予備校に通う。四ヵ月間、『毎日新聞』の配達のアルバイト。

**一九八〇年**（昭和五五年）　一九歳
東京外国語大学外国語学部ロシア語学科に入学。美術部に入部。大学時代初期は、絵を描くことに没頭。

**一九八一年**（昭和五六年）　二〇歳
ロシア・フォルマリズムの論文集を読み、文学は科学的でなければならないと目覚める。バフチン、バルト、ザミャーチン、ブルガーコフを愛読。夏休み、ソ連に一ヵ月間の旅行。学園祭でマヤコフスキー『南京虫』のロシア語上演に関わり、演出。

**一九八二年**（昭和五七年）　二一歳
学園祭でレスコフ原作の『ムツェンスク郡のマクベス夫人』を脚色し、演出。ソ連東欧研究会の勉強会に参加。総合雑誌『タラチンナ』『ネオ・タラチンナ』を責任編集。学生オーケストラに入会しビオラを弾く。「優しいサヨクのための嬉遊曲」を書き始める。
**一九八三年**（昭和五八年）二二歳
四月、「優しいサヨクのための嬉遊曲」を福武書店『海燕』編集部に持ち込む。編集長寺田博から評価を受けた同作が『海燕』六月号に掲載される（発売日である五月七日は、学生オーケストラの最初で最後となる演奏会当日であった）。七月、同作で芥川龍之介賞候補となるが落選。八月、「カプセルの中の桃太郎」を『海燕』に発表。初の単行本『優しいサヨクのための嬉遊曲』を福武書店から刊行。
**一九八四年**（昭和五九年）二三歳
一月、「亡命旅行者は叫び呟く」（『海燕』前年一〇月号）が芥川賞候補となる。二月、「大道天使、声を限りに」を『海燕』に発表。『亡命旅行者は叫び呟く』を福武書店から刊行。三月、東京外国語大学を卒業。卒業論文は「ザミャーチンの散文をめぐって」。七月、「夢遊王国のための音楽」（『海燕』六月号）が芥川賞候補となる。八月、「スピカ、千の仮面」（『海燕』九月号）を併録した『夢遊王国のための音楽』を福武書店から刊行。一〇月、「聖アカヒト伝」を『文學界』に発表。一一月、『夢遊王国のための音楽』で野間文芸新人賞を受賞。一二月、東欧・ソ連を旅行。
**一九八五年**（昭和六〇年）二四歳
二月、インタビュー『認識マシーンへのレクイエム』を朝日出版社から刊行。七月、「僕は模造人間」（『新潮』二月号）が芥川賞候補となる。養老孟司との対談『中枢は末梢の奴隷』を朝日出版社から刊行。一〇月、初の長編『天国が降ってくる』（『海燕』九月号）を福武書店から刊行。「ブロッケン山の模造人間」を『新潮』に、「ある解剖学者の話」を『文學界』に発表。一一月、状況劇場若衆公演「少女都市からの呼び声」に役者として出演。一二月、エッセイ「芥川賞落選御礼日記」を『新潮45』に発表。

**一九八六年**（昭和六一年）二五歳

一月、エッセイ集『偽作家《ぎさくか》のリアル・ライフ』を講談社から刊行。四月、『僕は模造人間』を新潮社から刊行。五月、「観光客」を『BRUTUS』に発表。六月、唐十郎との共著『汗のドレス』を河出書房新社から刊行。東京外国語大学イタリア語学科出身で、同大オーケストラ部に所属していたひとみと結婚。七月、「ドンナ・アンナ」（『新潮』四月号）が芥川賞候補となる。九月、「ロココ町—遊園地の進化論」を『すばる』に発表。『ドンナ・アンナ』を新潮社から刊行。この年、スリランカ、ソ連、中国へ旅行。

**一九八七年**（昭和六二年）二六歳

一月、「ビデオ・イコン」を『海燕』に、「エイズ友の会」を『新潮』に発表。「未確認尾行物体」（『文學界』前年一一月号）が芥川賞候補となるが落選し、最多落選タイ記録（六回）を樹立。エッセイ集『語らず、歌え』を福武書店から刊行。五月、「ユダヤ系青二才」を『群像』に発表。六月、「ウイルスの奇蹟」を『文學界』に発表。七月、浅田彰との連続対談を『新潮』に連載（翌年六月号まで）。九月、「情報屋」を『すばる』に発表。一〇月、『未確認尾行物体』を文藝春秋から刊行。一一月、「ユラリウム」を『文藝』に発表。一二月、一二人の作者による共著『龍の物語』（新宿書房）に「龍人誕生　人類はいかに進化すべきか」を発表。この年、フランス、イタリア、トルコへ旅行。ブルガリアの国際作家会議に出席。

**一九八八年**（昭和六三年）二七歳

一月、「ギルガメ師はこう語った」を『すばる』に発表。二月、川村毅との対談『ストレート・アヘッド』をコナミ出版から刊行。三月、戯曲『ユラリウム』を河出書房新社から、評論『永劫回帰マシーンの華やぎ』を岩波書店から刊行。五月、「砂漠のイルカ」を『新潮』に発表。『未確認尾行物体』が三島由紀夫賞候補となる。六月、コロンビア大学の客員研究員として、ニューヨークへ一年間の〝季節移住〟。一一月、浅田彰との対談集『天使が通る』を新潮社から刊行。
**一九八九年**（昭和六四年・平成元年）二八歳
一月、「優雅な野良犬」を『海燕』に発表。四月、「ルナ」を『文藝』に発表。五月、「アルマジロ王」を『新潮』に発表。カナダ、メキシコ、オーストリア、イタリア旅行を経て、六月、ニューヨークより帰国。一〇月、南部アフリカ諸国を旅行。一一月、『夢使い―レンタルチャイルドの新二都物語』を講談社から刊行。一二月、ハワイを旅行。
**一九九〇年**（平成二年）二九歳
一月、「彼岸先生」を『海燕』に連載（翌年一二月号まで）。三月、「SORAMIMI」を『世界』に発表。五月、「ヴィーナスの軍隊」を『すばる』に発表。戯曲『ルナ　輪廻転生の物語』を河出書房新社から刊行。自らの演出で「ユラリウム」をスタジオ・マグにて上演。『夢使い―レンタルチャイルドの新二都物語』が三島賞、平林たい子文学賞の候補となる。七月、『ロココ町』を集英社から刊行。一〇月、「チェルノディルカ」を『すばる』に発表。一二月、「断食少年・青春」を『群像』に、「ミイラになるまで」を『中央公論文芸特集』に発表。この年、ハンガリー、オーストリア、ドイツ、ロシア、イタリア、ユーゴスラビアへ旅行。
**一九九一年**（平成三年）三〇歳
一月、中上健次、川村湊らと日韓文学シンポジウムの構想を練り、翌年より実現。二月、湾岸戦争をめぐる文学者の討論集会に参加。日本外国特派員協会で柄谷行人、高橋源一郎らとともに記者会見。四月、『アルマジロ王』を新潮社から刊行。七月、沖縄国際大学で集中講義。一〇月、「預言者の名前」を『世界』に連載（翌年三月号まで）。一二月、エッセイ集『愛のメエルシュトレエム』を集英社から刊行。この年より、新潮新人賞選考委員（九三年まで）。この年、バリ島、ロシア、チベット、ケニア、ジャマイカへ旅行。

**一九九二年**（平成四年）　三一歳

一月、スティーヴ・エリクソン『ルビコン・ビーチ』を翻訳し、筑摩書房から刊行。二月、CDブック『死んでも死にきれない王国から』（写真・藤井春日、音楽・YAS-KAZ）を主婦の友社から刊行。三月、『彼岸先生』を福武書店から刊行。四月、『預言者の名前』を岩波書店から刊行。『毎日新聞』水曜夕刊文化面「瞠目新聞」の編集を担当（翌年五月まで）。五月、自らの演出で「ルナ輪廻転生の物語」を銀座セゾン劇場にて上演。『彼岸先生』が平林たい子文学賞の候補となる。七月、長男・彌六誕生。一〇月、『彼岸先生』で泉鏡花文学賞を受賞。この年、択捉島へ旅行。

**一九九三年**（平成五年）　三二歳

三月、従来の文学賞の姿勢を批判する「瞠目反《アンチ》・文学賞」を創立し、池袋のメトロポリタンプラザで、筒井康隆、渡部直己らと公開選考会（受賞作は奥泉光「ノヴァーリスの引用」）。四月、「流刑地より愛をこめて」を『中央公論文芸特集』に連載（翌年秋季号まで）。七月、旅行記『植民地のアリス』を朝日新聞社から刊行。一〇月、「浮く女沈む男」を『週刊朝日』に連載（翌年八月一二日号まで）。一二月、論考『漱石を書く』を岩波書店から刊行。この年、ベルリン、トロントに一ヵ月ずつ滞在。

**一九九四年**（平成六年）　三三歳

五月、「忘れられた帝国」を『毎日新聞』夕刊に連載（一一月三〇日付まで）。六月、『ユリイカ』で特集「島田雅彦―文学のジオポリティクス」。八月、『毎日新聞』水曜夕刊文化面の編集記事を再構成した『瞠目新聞』を毎日新聞社から刊行。この年、ヨーロッパを縦断旅行。この年より、後藤明生の依頼により近畿大学文芸学部で文学講義を始める（二〇〇二年度まで）。

**一九九五年**（平成七年）　三四歳

三月、『流刑地より愛をこめて』を中央公論社から刊行。六月、日本文藝家協会電子メディア対応特別委員会の委員長に就任。一〇月、『忘れられた帝国』を毎日新聞社から刊行。一二月、『季刊リテレール』で特集「ノスタルジーの哲学」を責任編集。この年、オーストラリアへ旅行。この年より、文學界新人賞の選考委員に就任（二〇〇七年まで）。

**一九九六年**（平成八年）　三五歳

一月、「歓楽死のオペラ」（『自由死刑』原題）を『すばる』に（九九年三月号まで不定期）、「子供を救え！」（『子どもを救え！』原題）を『文學界』に（翌年一〇月号まで）、「蘇る青二才」（『君が壊れてしまう前に』原題）を『野性時代』に（四月号まで。『月刊カドカワ』八月号から翌年九月号まで継続）、「内乱の予感」を『アサヒグラフ』に（翌年三月二八日号まで）連載。四月、『浮く女沈む男』を朝日新聞社から、インタビュー・対談集『茶の間の男』を集英社から、エッセイ『彼岸先生の寝室哲学』を角川春樹事務所から刊行。五月、『忘れられた帝国』が平林たい子文学賞候補となる。八月、和歌山県新宮市で開催された熊野大学セミナー「中上健次の世界96」に参加。一一月、『そして、アンジュは眠りにつく』を新潮社から刊行。この年、海燕新人文学賞（本年のみ）、文藝賞（翌年まで）の選考委員に就任。イタリア・トリノでグリンザーネ・カブール・シンポジウムに出席。

**一九九七年**（平成九年）　三六歳

二月、鼎談集『電脳売文党宣言』をアスキーから刊行。四月、『現代語訳 樋口一葉「大つごもり他」』を河出書房新社から、CDブック『ミイラになるまで My Dear Mummy』（大友良英）をクリエイティヴマン・ディスクから刊行。五月、リブレットを手がけたオペラ「忠臣蔵」（作曲・三枝成彰）が東京文化会館で初演。この年より、すばる文学賞の選考委員に就任（二〇〇一年まで）。

**一九九八年**（平成一〇年）　三七歳

一月、「感情教育」を『エスクァイア日本版』に連載（翌年一月号まで）。『内乱の予感』を朝日新聞社から刊行。三月、『君が壊れてしまう前に』を角川書店から、『ミス・サハラを探して チュニジア紀行』をKKベストセラーズから、福田和也との対談『世紀末新マンザイ』を文藝春秋から刊行。「ミス・サハラを探して」が川端康成文学賞の候補となる。五月、『子どもを救え！』を文藝春秋から刊行。七月、エッセイ『退廃礼讃』を読売新聞社から刊行。九月、食エッセイ『郊外の食卓』を筑摩書房から刊行。

**一九九九年**（平成一一年）　三八歳

一月、「三声のリチェルカーレ」を『新潮』に発表。五月、「無限カノン」を『新潮』に発表。六月、『自由死刑』を集英社より刊行。七月、『國文學　解釈と教材の研究』臨時増刊号で特集「島田雅彦のポリティック」。一〇月、作・演出・主演を務める「フランシスコ・X」を鹿児島ウォーターフロントにて上演。この年、ブラジルへ講演旅行。

**二〇〇〇年**（平成一二年）　三九歳

一月、「フランシスコ・X」を『群像』に連載（翌年三月号まで不定期）。『感情教育』を朝日出版社から刊行。五月、オペラ「忠臣蔵」、愛知県芸術劇場にて再演。一〇月、詩のボクシング第四回世界ライト級王座決定戦に挑む。チャンピオン平田俊子に勝利し、四代目朗読王の座に。一一月、〈無限カノン1〉『彗星の住人』を新潮社から、食エッセイ『ひなびたごちそう―島田雅彦の料理』を朝日新聞社から刊行。この年より、三島賞の選考委員に就任（〇七年まで）。この年、モンゴル、イスラエル、ミャンマー、ベトナム、台湾、マレーシア、香港、マカオ、オーストラリアへ旅行。

**二〇〇一年**（平成一三年）四〇歳

一月、小説「サチコ」（英訳付き）を併録した写真集『ma poupée japonaise』（写真・Mario A.）を論創社から刊行。五月、佐藤治彦と共著の旅行記『アジア自由旅行』を小学館から刊行。一一月、詩のボクシングでサンプラザ中野に勝利し、朗読王を初防衛。両国のシアターX《カイ》で開催されたチェーホフ演劇祭の上演作品「はぐらかされたわが幸せ」に出演。一二月、インドで開催された日印作家キャラバンに参加。

**二〇〇二年**（平成一四年）四一歳

一月、オペラ「忠臣蔵」改訂版、新国立劇場にて再々演。四月、『文藝』夏号で島田雅彦特集。同号に連載「溺れる市民」（〇四年夏号まで不定期）ほかを発表。『フランシスコ・X』を講談社から刊行。五月、『美しい魂』出版延期の理由を記した「未完の辞『美しい魂』は眠る」を『新潮』に発表。七月、詩とエッセイを収録した『自由人の祈り島田雅彦詩集』を思潮社から刊行。九月、インドで開催された日印作家キャラバンに参加。この年、イタリア、ドイツ、オーストリアへ旅行。

**二〇〇三年**（平成一五年）四二歳

一月、「エトロフの恋」を『新潮』に発表。四月、論考『楽しいナショナリズム』を毎日新聞社から刊行。八月、「美しい魂」を『新潮』に発表。九月、「退廃姉妹」を『文學界』で連載（〇五年三月号まで）。〈無限カノン2〉『美しい魂』ならびに〈無限カノン3〉『エトロフの恋』を新潮社から刊行。一一月、対談集『無敵の一般教養《バンキョー》』をメタローグから刊行。東京、山形で開催された日印作家キャラバンに参加。一二月、ロシアで開催された日本文学のブックフェアに参加。この年より、法政大学国際文化学部教授に就任。

**二〇〇四年**（平成一六年）　四三歳

三月、食エッセイ『食いものの恨み』を講談社から刊行。四月、リブレットを手がけたオペラ「Jr．バタフライ」（作曲・三枝成彰）、東京文化会館にて初演。『朝日新聞』夕刊で「文芸時評」を担当（〇六年三月二七日付まで）。五月、無限カノン三部作をめぐる『新潮』誌上での論争を経ての、福田和也との対談「天皇、恋愛、歴史そして文学」を『新潮』に掲載。八月、芥川賞に対抗するZ文学賞を、大森望、豊﨑由美とともに『ユリイカ』誌上で選考（受賞作は福永信「コップとコッペパンとペン」）。アイオワ大学インターナショナル・ライターズ・プログラムに参加。アイオワシティに約一ヵ月間滞在。一〇月、『溺れる市民』を河出書房新社から刊行。一一月、家建築にまつわるエッセイ・対談集『衣食足りて、住にかまける』を光文社から刊行。自作が原作となる「溺れる市民」東京のフェルディドゥルケ」がシアターX《カイ》にて上演される。この年、台湾、スペインへ旅行。

**二〇〇五年**（平成一七年）　四四歳

三月、オペラ「Jr．バタフライ」、神戸国際会館こくさいホールにて再演。五月、「テイレシアスの末裔」に始まる小説（後の『カオスの娘』）を『すばる』に連載（〇七年三月号まで不定期）。六月、エッセイ『快楽急行』を朝日新聞社から、皇室の人々の語録にコメントを付した『おことば　戦後皇室語録』を新潮社から刊行。八月、『退廃姉妹』を文藝春秋から刊行。九月、エッセイ『妄想人生』を毎日新聞社から刊行。この年、中国、オランダへ旅行。
**二〇〇六年**（平成一八年）　四五歳
一月、「佳人の奇遇」を『婦人画報』に連載（一二月号まで）。しりあがり寿との往復書簡・対話集『一度死んでみますか？　漫談・メメントモリ』をPHP研究所から刊行。三月、リブレットを手がけたバレエ「アビアントだから、さよならはいわないよ」（作曲・三枝成彰）、Bunkamura オーチャードホールにて上演。五月、『退廃姉妹』で伊藤整文学賞を受賞。サンサンス絵本シリーズ『エリコ』（絵も担当）をインデックス・コミュニケーションズより刊行。八月、プッチーニ音楽祭に、自ら作・演出したオペラ「Jr.・バタフライ」で参加。イタリア・トスカーナ州のトッレ・デル・ラーゴ野外大劇場にて上演。一一月、韓日作家共同シンポジウムに参加。この年、イランへ旅行。
**二〇〇七年**（平成一九年）　四六歳
三月、主演映画「東京の嘘」（井上春生監督）劇場公開。六月、『カオスの娘―シャーマン探偵ナルコ』を集英社から刊行。一〇月、『佳人の奇遇』を講談社から刊行。
**二〇〇八年**（平成二〇年）　四七歳
一月、『自由死刑』を原案としたドラマ「あしたの、喜多善男　世界一不運な男の奇跡の11日間」（主演・小日向文世）をフジテレビが放映（三月まで。全一一回）。「徒然王子」を『朝日新聞』朝刊に連載（翌年二月一五日付まで）。二月、『カオスの娘』で芸術選奨文部科学大臣賞（文学部門）を受賞。六月、NHK教育テレビ放映の「知るを楽しむ　この人この世界　オペラ偏愛主義」に出演（七月まで。全八回）。五月、習い事エッセイ『不惑の手習い』（写真・丸谷嘉長）を集英社から刊行。七月、ニューヨークに滞在（翌年三月まで）。TOKYO　FMで放送された同名ラジオ番組での島田雅彦のトークをもとにした漫画『快楽のコンシェルジュ』（画・今日マチ子）をTOKYO　FM出版から刊行。九月、韓国で開催された東アジア文学フォーラムに参加。一一月、『徒然王子　第一部』を朝日新聞出版から刊行。一二月、エッセイ『酒道入門』を角川書店から刊行。

**二〇〇九年**（平成二一年）四八歳

一月、前年にワシントンD.C.で行われた展覧会（Nirvana Mini : New Tea House Concepts）のキー・コンセプトとなる論考「Nirvana Mini　極小彼岸」を『新潮』に発表。三月、人生相談『島田教授の課外授業　悩める母親のために』を文化出版局から、法政大学での講義をベースとした『小説作法ABC』を新潮社から刊行。五月、『徒然王子　第二部』を朝日新聞出版から刊行。六月、茂木健一郎との対談『クオリア再構築』を集英社から刊行。七月、論考『徒然草 in USA』を新潮社から刊行。八月、和歌山県新宮市で開催された熊野大学セミナー「21世紀、熊野から文学」に参加。九月、前年放映のした『オペラ偏愛主義』の番組テキストを再構成した『オペラ・シンドローム』をNHK出版から刊行。Bunkamuraドゥマゴ文学賞を選考（受賞作は平野啓一郎『ドーン』）。

**二〇一〇年**（平成二二年）四九歳

二月、作・演出を手がけたオペラ「忠臣蔵」外伝（作曲・三枝成彰）をBunkamuraオーチャードホールにて上演。六月、「傾国子女」を『文學界』に連載（一一年五月号まで）。日韓中三文芸誌による文学プロジェクトの一作として「死都東京」（前田塁による解説付き）を『新潮』に発表。〝講談社百周年記念書き下ろし一〇〇冊〞企画の一冊として『悪貨』を講談社から刊行。一二月、北九州市で開催された東アジア文学フォーラムに実行委員長として参加。この年、芸術選奨文部科学大臣賞、同新人賞(文学部門)の推薦委員に就任(一二年まで)。
**二〇一一年**(平成二三年) 五〇歳
一月、「シャーマン探偵ナルコ2 ヘラクレスDNA(1)」に始まる小説(後の『英雄はそこにいる』)を『すばる』に連載(翌年三月号まで隔月)。ツイッターと連動した「彦にゃんの憂国ついーと」を『Voice』に連載(翌年一二月号まで)。四月、署名入り自著の売り上げを東日本大震災の被災地に寄付する「復興書店」を設立。この年、芥川賞、野間文芸新人賞の選考委員に就任。
**二〇一二年**(平成二四年) 五一歳
五月、『英雄はそこにいる』を集英社から刊行。七月、「ニッチを探して」を『新潮』に連載(翌年五月号まで)。八月、結婚にまつわる論考『迷い婚と悟り婚』をPHP研究所から刊行。
**二〇一三年**(平成二五年) 五二歳
一月、『傾国子女』を文藝春秋から刊行。WOWOW放映の特撮テレビドラマ「ネオ・ウルトラQ」に出演(三月まで。全一二回)。四月、「往生際の悪い奴」を『日本経済新聞』電子版に連載(翌年四月二四日付まで)。六月、〝作家生活三十周年記念企画〟として『島田雅彦芥川賞落選作全集』上下巻を河出書房新社から刊行。七月、『ニッチを探して』(装画・島田雅彦)を新潮社から刊行。
**二〇一四年**(平成二六年) 五三歳
七月、「虚人の星」を『群像』に連載(翌年八月号まで)。八月、『往生際の悪い奴』を日本経済新聞出版社から刊行。サバティカル休暇を利用して、半年間ヴェネチアに滞在(翌年一月まで)。一〇月、個人の電子書籍レーベル「Masatti」を設立。一一月、

『暗黒寓話集』を文藝春秋から刊行。WOWOWが原作ドラマ「悪貨」（主演・及川光博、黒木メイサ）を放映（一二月まで。全五回）。この年より『朝日新聞』書評委員に就任。

**二〇一五年**（平成二七年）　五四歳

一月、井原西鶴「好色一代男」現代語訳の一部「時雨は袖にかかるのが幸い」を『文藝』春号に発表。四月、「ヴェネチアの死者」を『GRANTA JAPAN With 早稲田文学02』に発表。仏訳版『カオスの娘』がフランスの文学賞、マスタートン賞（翻訳長編部門）の最終候補となる。六月、NHKテレビ放映の「100分de名著　ソポクレス『オイディプス王』」にゲスト講師として出演（全四回）。中国で開催された東アジア文学フォーラムに参加。八月、「徘徊老人日記」を『文學界』に発表。九月、『虚人の星』を講談社から刊行。一〇月、論考『優しいサヨクの復活』をPHP研究所から刊行。この年、アメリカ・ニューメキシコ州へ旅行。

短篇の初出情報は初期作品のみに留め、中期以降は割愛した。本稿の作成にあたっては、『ユリイカ』一九九四年六月号（青土社）所収の「島田雅彦略年譜」、『茶の間の男』（集英社）所収の「自筆年譜」、『國文學』一九九九年七月臨時増刊号（學燈社）所収の中村三春氏「島田雅彦データベース」ならびに、『天国が降ってくる』（講談社文芸文庫）所収の中村三春氏「年譜――島田雅彦」を主に参照し、作家自身の校閲を得た。

（佐藤康智　編）

# 著書目録

島田雅彦

## 【単行本（創作）】

優しいサヨクのための嬉遊曲　昭58・8　福武書店
亡命旅行者は叫び呟く　昭59・2　福武書店
夢遊王国のための音楽　昭59・8　福武書店
天国が降ってくる　昭60・10　福武書店
僕は模造人間　昭61・4　新潮社
ドンナ・アンナ　昭61・9　新潮社
未確認尾行物体　昭62・10　文藝春秋
龍の物語　dragon　twelve　fantasies　昭62・12　新宿書房
（＊玉木正之ほか）
ユラリウム　昭63・3　河出書房新社
夢使い　レンタルチャイルドの新二都物語　平元・11　講談社
ルナ　輪廻転生の物語　平2・5　河出書房新社
ロココ町　平2・7　集英社
アルマジロ王　平3・4　新潮社
死んでも死にきれない王国から　ある旅人のアフリカ日記　平4・2　主婦の友社
彼岸先生　平4・3　福武書店

預言者の名前　平4・4　岩波書店
流刑地より愛をこめて　平7・3　中央公論社
忘れられた帝国　平7・10　毎日新聞社
浮く女沈む男　平8・4　朝日新聞社
そして、アンジュは眠りにつく　平8・11　新潮社
内乱の予感　平10・1　朝日新聞社
君が壊れてしまう前に　平10・3　角川書店
ミス・サハラを探して　チュニジア紀行　平10・3　KKベストセラーズ
子どもを救え！　平10・5　文藝春秋
自由死刑　平11・6　集英社
感情教育　平12・1　朝日出版社
彗星の住人　平12・11　新潮社
ma poupée japonaise　平13・1　論創社
（＊Mario A.）
フランシスコ・X　平14・4　講談社
自由人の祈り　島田雅彦詩集　平14・7　思潮社
美しい魂　平15・9　新潮社
エトロフの恋　平15・9　新潮社
溺れる市民　平16・10　河出書房新社
退廃姉妹　平17・8　文藝春秋
エリコ　平18・5　インデックス・コミュニケーションズ
カオスの娘―シャーマン探偵ナルコ　平19・6　集英社
佳人の奇遇　平19・10　講談社
ナイン・ストーリーズ・オブ・ゲンジ　平20・10　新潮社
（＊江國香織ほか）
徒然王子　第一部　平20・11　朝日新聞出版
徒然王子　第二部　平21・5　朝日新聞出版
悪貨　平22・6　講談社

英雄はそこにいる　平24・5　集英社
傾国子女　平25・1　文藝春秋
ニッチを探して　平25・7　新潮社
往生際の悪い奴　平26・8　日本経済新聞出版社
暗黒寓話集　平26・11　文藝春秋
虚人の星　平27・9　講談社

【単行本（論考、対談等）】

認識マシーンへのレクイエム　昭60・2　朝日出版社
中枢は末梢の奴隷　解剖学講義（＊養老孟司）　昭60・7　朝日出版社
偽作家《ぎさくか》のリアル・ライフ　昭61・1　講談社
汗のドレス（＊唐十郎）　昭61・6　河出書房新社
語らず、歌え　昭62・1　福武書店
ストレート・アヘッド（＊川村毅）　昭63・2　コナミ出版
永劫回帰マシーンの華やぎ　変身の系譜学　昭63・3　岩波書店
天使が通る（＊浅田彰）　昭63・11　新潮社
新潮古典文学アルバム14　太平記（＊大森北義）　平2・10　新潮社
愛のメエルシュトレエム　島田雅彦クロニクルズ1987-1991　平3・12　集英社
植民地のアリス　平5・7　朝日新聞社
漱石を書く　平5・12　岩波新書
茶の間の男　語り下ろしロング・インタビュー（＊大辻都・星野智幸）　平8・4　集英社

彼岸先生の寝室哲学　平8・4　角川春樹事務所
電脳売文党宣言（＊笠井潔ほか）　平9・2　アスキー
世紀末新マンザイパンク右翼vs.サヨク青二才（＊福田和也）　平10・3　文藝春秋
夢の本（＊松岡正剛ほか）　平10・4　光琳社出版
退廃礼讃　平10・7　読売新聞社
郊外の食卓　平10・9　筑摩書房
中学生の教科書　死を想え（＊池田晶子ほか）　平11・12　四谷ラウンド
可能なるコミュニズム（＊柄谷行人ほか）　平12・1　太田出版
ひなびたごちそう―島田雅彦の料理　平12・11　朝日新聞社
アジア自由旅行（＊佐藤治彦）　平13・5　小学館
21世紀文学の創造1　現代世界への問い（＊筒井康隆ほか）　平13・11　岩波書店
必読書150（＊柄谷行人ほか）　平14・4　太田出版
楽しいナショナリズム　平15・4　毎日新聞社
座談会　昭和文学史6（＊井上ひさしほか）　平16・2　集英社
食いものの恨み　平16・3　講談社
ネコのヒゲは脳である（＊「中枢は末梢の奴隷」の改題）　平16・7　朝日出版社
衣食足りて、住にかまける　平16・11　光文社
快楽急行　平17・6　朝日新聞社
妄想人生　平17・9　毎日新聞社
一度死んでみます　平18・1　ＰＨＰ新書

か？
漫談・メメントモリ（＊しりあがり寿）　平20・5　集英社
不惑の手習い（＊丸谷嘉長）　平20・5　日本放送出版協会
NHK知るを楽しむ　この人この世界2008年6―7月　オペラ偏愛主義
快楽のコンシェルジュ（＊今日マチ子）　平20・7　TOKYO FM出版
酒道入門　平20・12　角川oneテーマ21
島田教授の課外授業　悩める母親のために　平21・3　文化出版局
小説作法ABC　平21・3　新潮選書
クオリア再構築　常識の壁を突き抜け、遡る5つの対論　平21・6　集英社
（＊茂木健一郎）
徒然草 in USA　自滅するアメリカ　堕落する日本　平21・7　新潮新書
オペラ・シンドローム　愛と死の饗宴　平21・9　NHKブックス
イリーナの帽子　中国現代文学選集（＊鉄凝ほか）　平22・11　トランスビュー
迷い婚と悟り婚　平24・8　PHP新書
別冊NHK 100分de名著「幸せ」について考えよう（＊浜矩子ほか）　平26・5　NHK出版
NHK 100分de名著　2015年6月　ソポクレス『オイディプス王』　平27・6　NHK出版
優しいサヨクの復活　平27・10　PHP新書

【編著】

瞠目新聞　平6・8　毎日新聞社

季刊「リテレール」第14号　ノスタルジーの哲学　平7・12　メタローグ

日本の名随筆　別巻85　少年　平10・3　作品社

無敵の一般教養《バンキョー》　平15・11　メタローグ

おことば　戦後皇室語録　平17・6　新潮社

【翻訳】

スティーヴ・エリクソン『ルビコン・ビーチ』　平4・1　筑摩書房

現代語訳 樋口一葉「大つごもり他」　平9・4　河出書房新社

池澤夏樹個人編集　日本文学全集11（井原西鶴「好色一代男」）　平27・11　河出書房新社

【選集】

文学1984　昭59・4　講談社

文学1985　昭60・4　講談社

文学1988　昭63・4　講談社

人間みな病気　平3・11　福武文庫

文学1998　平10・4　講談社

戦後短篇小説選5　平12・5　岩波書店

戦後短篇小説再発見7　平13・12　講談社文芸文庫

Love Stories　平16・2　水曜社

戦争×文学4　平23・8　集英社

文学2014　平26・4　講談社

現代小説クロニクル1985～1989　平27・2　講談社文芸文庫

**【朗読、リブレット等】**

ミイラになるまで　My Dear Mummy（CD）　平9・4　クリエイティヴマン・ディスク
オペラ忠臣蔵（CD）　平9・10　ソニー・ミュージックエンタテインメント
また、あした（楽譜）　平10・3　日本放送出版協会
カンタータ　天涯。（CD）　平16・9　ソニー・ミュージックジャパンインターナショナル
カンタータ　天涯。男声合唱版（楽譜）　平17・5　全音楽譜出版社
東京の嘘　オリジナル・サウンドトラック（CD）　平19・3　エピックレコードジャパン

**【文庫】**

優しいサヨクのための嬉遊曲（解＝加藤典洋）　昭60・11　福武文庫
亡命旅行者は叫び呟く（解＝唐十郎）　昭61・1　福武文庫
夢遊王国のための音楽（解＝岡田敦子）　昭62・9　福武文庫
僕は模造人間（解＝植島啓司）　平元・10　新潮文庫
偽作家《ぎさくか》のリアル・ライフ（解＝島弘之）　平元・10　講談社文庫
ドンナ・アンナ（解＝清水良典）　平2・10　新潮文庫
天国が降ってくる（解＝島弘之）　平2・12　福武文庫
語らず、歌え（解＝沼　平3・8　福武文庫

野充義）
天使が通る（＊浅田彰）　平4・5　新潮文庫
ユラリウム　ルナ（巻末＝手塚眞）　平4・10　河出文庫
未確認尾行物体（解＝浅田彰）　平5・7　文春文庫
ロココ町（解＝巽孝之）　平5・8　集英社文庫
アルマジロ王（解＝亀山郁夫）　平6・6　新潮文庫
夢使い　レンタルチャイルドの新二都物語（解＝丹生谷貴志）　平7・5　講談社文庫
彼岸先生（解＝蓮實重彦）　平7・6　新潮文庫
植民地のアリス（巻末＝辻仁成）　平8・6　朝日文芸文庫
預言者の名前（解＝中沢新一）　平8・8　新潮文庫
彼岸先生の寝室哲学（解＝斎藤綾子）　平10・5　ハルキ文庫
浮く女沈む男（解＝小谷真理）　平11・3　朝日文庫
やけっぱちのアリス（「流刑地より愛をこめて」の改題）　平11・3　新潮文庫
忘れられた帝国（解＝宮台真司）　平12・1　新潮文庫
ヒコクミン入門（「愛のメエルシュトレエム」の改題）　平12・2　集英社文庫
そして、アンジュは眠りにつく（解＝星野智幸）　平12・8　新潮文庫
内乱の予感（解＝清水博子）　平12・10　朝日文庫
天国が降ってくる（解＝鎌田哲哉　年・著＝中村三春）　平12・10　講談社文芸文庫

君が壊れてしまう前に（解＝田中章義）　平13・2　角川文庫
優しいサヨクのための嬉遊曲（解＝北島敬三）　平13・8　新潮文庫
自由死刑（解＝福永信）　平15・1　集英社文庫
子どもを救え！（解＝鵜飼哲夫）　平16・8　集英社文庫
にごりえ　現代語訳・樋口一葉（＊伊藤比呂美ほか）　平16・12　河出文庫
君が壊れてしまう前に（解＝豊﨑由美）　平18・9　ピュアフル文庫
溺れる市民（解＝江南亜美子）　平18・12　河出文庫
彗星の住人（解＝茂木健一郎）　平19・1　新潮文庫
美しい魂（解＝桐野夏生）　平19・2　新潮文庫
エトロフの恋（解＝平野啓一郎）　平19・3　新潮文庫
フランシスコ・X（解＝竹森俊平）　平19・3　講談社文庫
食いものの恨み（巻末＝山田詠美）　平19・10　講談社文庫
退廃姉妹（解＝青山真治）　平20・8　文春文庫
ひなびたごちそう　平22・2　ポプラ文庫
佳人の奇遇（解＝大野和士）　平23・1　講談社文庫
源氏物語九つの変奏（＊「ナイン・ストーリーズ・オブ・ゲンジ」の改題）　平23・5　新潮文庫
いまを生きるための教室　死を想え（＊「中学生の教科書」の改題）　平24・4　角川文庫
カオスの娘（解＝円城塔）　平24・9　集英社文庫

12星座小説集（＊橋本治ほか）　平25・5　講談社文庫
島田雅彦芥川賞落選作全集 上（解＝海猫沢めろん）　平25・6　河出文庫
島田雅彦芥川賞落選作全集 下（巻末＝綿矢りさ）　平25・6　河出文庫
悪貨（解＝宮内悠介）　平25・9　講談社文庫
傾国子女（解＝鈴木涼美）　平27・8　文春文庫

（　）内の略号は＊＝共著、解＝文庫解説、巻末＝文庫巻末付録の寄稿あるいは対談、年・著＝年譜・著書目録を示す。

（作成・佐藤康智）

初出

1　観光客／「BRUTUS」一九八六年五月一五日号
2　聖アカヒト伝／「文學界」一九八四年一〇月号
3　ある解剖学者の話／「文學界」一九八五年一〇月号
4　砂漠のイルカ／「新潮」一九八八年五月号
5　アルマジロ王／「新潮」一九八九年五月号
6　断食少年・青春／「群像」一九九〇年一二月号
7　ミイラになるまで／「中央公論文芸特集」一九九〇年冬号

1～3は新潮文庫『ドンナ・アンナ』（一九九〇年一〇月刊）、4～7は新潮文庫『アルマジロ王』（一九九四年六月刊）を底本に使用し、一部校正を加えました。

ミイラになるまで　島田《しまだ》雅彦《まさひこ》初期《しょき》短篇集《たんぺんしゅう》

島田《しまだ》雅彦《まさひこ》

二〇一五年一一月一〇日第一刷発行

発行者――鈴木　哲
発行所――株式会社　講談社
東京都文京区音羽2・12・21　〒112-8001
電話　編集（03）5395・3513
販売（03）5395・5817
業務（03）5395・3615

デザイン―菊地信義
印刷――豊国印刷株式会社
製本――株式会社国宝社
本文データ制作―講談社デジタル製作部

定価はカバーに表示してあります。



講談社
文芸文庫

ISBN978-4-06-290293-9

## 講談社文芸文庫



▶解=解説 案=作家案内 人=人と作品 年=年譜を示す。 2015年11月現在

## 講談社文芸文庫

講談社文芸文庫

島田雅彦
# ミイラになるまで
島田雅彦初期短篇集
解説＝青山七恵　年譜＝佐藤康智
釧路湿原で、男の死体と奇妙な自死日記が発見された――表題作ほか、著者が二十代で発表した傑作短篇七作品。尖鋭な批評精神で時代を攪乱し続ける島田文学の源流。
978-4-06-290293-9　しJ2

梅崎春生
# 悪酒の時代　猫のことなど
――梅崎春生随筆集――
解説＝外岡秀俊　年譜＝編集部
多くの作家や読者に愛されながらも、戦時の記憶から逃れられず、酒に溺れた梅崎。戦後派の鋭い視線と自由な精神、底に流れるユーモアが冴える珠玉の名随筆六五篇。
978-4-06-290290-8　うB4

塚本邦雄
# 珠玉百歌仙
解説＝島内景二
斉明天皇から、兼好、森鷗外まで、約十二世紀にわたる名歌百十二首を年代順に厳選。前衛歌人であり、類稀な審美眼をもつ名アンソロジストの面目躍如たる詞華集。
978-4-06-290291-5　つE7